Ces morceaux de vie... comme carreaux cassés

DE LA MÊME AUTEURE

L'Esclavage raconté à ma fille, Bibliophane, coll. « Les mots à cœur », 2002 ; Philippe Rey, 2015 ; Points, 2016.

Une campagne de folie : comment j'en suis arrivée là, entretiens avec Elizabeth Drévillon, First, coll. « Documents », 2002.

Rendez-vous avec la République, La Découverte, coll. « Cahiers libres », 2007.

Égalité pour les exclus : le politique face à l'histoire et à la mémoire coloniales, Temps Présent, 2009.

Mes météores : combats politiques au long cours, mémoires, Flammarion, 2012 ; J'ai lu, 2014.

Paroles de liberté, Flammarion, coll. « Café Voltaire », 2014.

Murmures à la jeunesse, Philippe Rey, 2016 ; Pluriel, 2017.

Nous habitons la Terre, Philippe Rey, 2017 ; Points, 2020.

Baroque Sarabande, Philippe Rey, 2018 ; Points, 2019.

Nuit d'épine, Plon, 2019 ; Points, 2020.

Gran Balan, Plon, 2020 ; Pocket, 2021.

Christiane Taubira

Ces morceaux de vie... comme carreaux cassés

Nouvelles

Robert Laffont

ISBN : 978-2-221-25950-4
Dépôt légal : septembre 2021
Éditions Robert Laffont – 92, avenue de France, 75013 Paris

À toi qui n'es pas née.

« There is always something left to love. And if you ain't learned that, you ain't learned nothing. »

Lorraine Hansberry, *A Raisin in the Sun*

Solara, sweet hardie

Je l'ai revu un soir. Et brusquement, j'ai douté. Nous commençons à être de vieilles choses, maintenant. De vieilles choses qui portent beau. Pour peu de temps encore. Mais avec allure. Ce ne fut qu'un regard. Sa tête qui se tourne, par hasard. Ou par magnétisme ? Nos yeux qui se croisent, deux faisceaux émerveillés. La soirée se poursuit. Les chants succèdent aux danses, les accompagnent, les survolent, s'en détachent. Les tanbouyens se défoulent mais ce sont les voix de femmes qui commandent. Il y a les pieds et les corps sur la scène, et les voix qui s'envolent, se répandent, franchissent portes et fenêtres et fendent et caressent les conversations qui se poursuivent au-dehors. Il se tient trois fois plus de monde aux alentours qu'à l'intérieur. C'est une veillée. Depuis quelques années, il y en a de toutes sortes. Classiquement, la veillée est mortuaire ou culturelle. La première n'a rien de macabre. C'est au contraire une explosion de rires et de joies, d'anecdotes, vraies ou arrangées sur la personne défunte. Les jeux sont bruyants, du domino à la belote. Des anti-sommeil, café ou absinthe, circulent et entrecoupent les plaisirs du palais, soupe créole ou blaff d'acoupa. Un fond de rhum pour qui veut. Les pleurs et désolations sont réservés au lendemain, aux obsèques. Pour parer au rituel religieux, une poignée de quarts d'heure est consacrée à des prières. En tout début de soirée, pas au-delà. Y prend part qui le souhaite, avec plus ou moins de componction. Il arrive, quand le défunt fut un rat d'église, qu'une véritable brigade de prieuses débarquent et mènent la danse, pardon, le chapelet et les neuvaines. Elles gavent alors l'assistance de psaumes et de chants en latin solennel, qu'elles prononcent et articulent avec une exactitude impeccable, supérieure au parler-chanter quotidien du souverain-pontife. Il survient toujours un moment cependant, dans le creux des reins de la nuit, où même ces dévotes sentent qu'il est l'heure de mettre un terme aux implorations, que le temps est venu des séquences païennes, plus cathartiques, plus consolatrices.

La seconde, la veillée culturelle, est paradoxalement moins débordante, quoique très gaie, moins inventive, plus convenue. Elle est couramment thématique. Soirée kasékò, ou soirée béliya, ou soirée grajé ou soirée lachat... On fait aussi des veillées de contes, avec fromager, maskililis et manman-dlo. Je dois, pour être honnête, signaler la veillée de Noël, où les cantiques sont arrangés aux tibwa, aux maracas, au tambourin et aux claquements de doigts, de quoi faire giguer le ci-devant charpentier Joseph-le-cher-fidèle soi-même, sur l'air de compère Michaud qui propage que Joseph n'est pas le vrai père de l'Enfant Jésus. Il existe aussi les veillées de galettes des rois... Mais ça, ce n'est plus du syncrétisme.

***

Ce soir-là, c'était une veillée de cette espèce intermédiaire entre les deux grandes catégories, mortuaire et culturelle, où l'on honore la mémoire d'un disparu notoire, récemment inhumé. Ce disparu était un dòkò féy réputé, un savant des plantes médicinales qui, par sa science, a sauvé de nombreuses vies sur quatre générations. Il a sauvé des bébés de la crise de vers mortelle. Il a sauvé des adultes des dégâts du diabète, de l'albuminurie, de l'hypertension artérielle. Il a soulagé des adolescentes de règles horriblement douloureuses. Il a récupéré des ababas après AVC. Il a dégourdi des timides, noyé des chagrins d'amour et réchauffé le cœur d'amoureux éconduits et transis. Il a étranglé des fièvres de cheval, tenu en respect des crises de paludisme ou de dengue. Il a cicatrisé des érésipèles et asséché des lotas. Il a rendu à des filles frigides le goût de la chair. On va jusqu'à prétendre qu'il aurait guéri des cancers. Des fleurs odorantes embaument la salle, on sait que certaines ont des vertus désinhibantes et euphorisantes. L'ambiance est détendue. Les gens sont d'une grande civilité et d'une grande prévenance les uns envers les autres. Certains sont accroupis à même le sol, d'autres assis sur des chaises en bois et arouman tressé, d'autres partagent un banc sans dossier. Quelques personnes sont debout, surtout des hommes. Ceux-là sont les plus mobiles, ils entrent et sortent dans un flux et reflux continu. Mais les assis aussi se lèvent, vont s'acheter des sandwichs, des marinades de morue ou de tayove, un jus de fruits ou une bière. C'est une compagnie décontractée et enjouée. Notre regard échangé en faisceaux émerveillés tranchait sur cette récréation un peu bonhomme. Ce fut un langage fulgurant, à la fois incandescent et placide. Je crois que nos yeux se sont dit : ce feu qui nous brûle illuminera l'enchantement que nous nous offrirons l'un à l'autre, l'une à l'autre. Laissons-lui le temps de prendre. J'entends, j'en suis sûre, et malgré le tohu-bohu, *A Time for Love*, la voix d'Abbey Lincoln qui se laisse glisser dans les variations du saxo de Stan Getz et les accords de la contrebasse de Charlie Haden.

***

Je me prépare. Pour nos noces. C'est abusif, bien sûr, puisqu'il est marié. Et moi aussi. Pourtant, je les entrevois, ces noces, somptueuses et sublimes. Des retrouvailles qui n'auront pas besoin de nos corps. Encore que… Sait-on jamais ? Je prends soin du mien. Et d'abord, cela me fait du bien. J'ai recommencé à fréquenter assidûment l'institut d'esthétique. Quel bien-être ! Je suis l'hôtesse de mon propre corps, pour reprendre Alejo Carpentier dans *Le Partage des eaux*. Grâce à ma gymnastique quotidienne, sur un programme modérément endiablé, mon dos a recouvré une exquise plasticité, mes chairs s'affermissent à vue d'œil, mes articulations se disciplinent. J'imagine ses mains, prudes et prudentes, qui se disputent, s'enhardissant timidement autour de ma taille, glissant puis interrompant leur course. Aussi faussement confuses que le *Concierto de Aranjuez* par Miles. Adagio.

Je prévois déjà notre programme de divertissement. Récitals et concerts. On a quelques belles pointures sous la main, en jazz, soul, reggae, au choix. Piano, basse, guitare acoustique, saxo ténor, trompette, percus, et quelques voix magiques. Ciné. On pourrait revoir *Fahrenheit 451*. Les deux, celui de François Truffaut et celui de Ramin Bahrani avec Michael B. Jordan. Et si jamais ce n'est pas programmé au ciné, on se fera une séance quelque part, j'ai des amis qui ont une installation ciné maison. C'est vraiment un pis-aller. Je trouve mesquin le ciné à la maison. Deux personnes, ou quatre ou à peine plus, aucun inconnu, pour vibrer et rire et s'exercer à la peur, franchement, ça fait miteux. Tiens, avec lui, je finirai par voir *Get Out* de Jordan Peele. C'est le genre de film qui donne du charme à la frayeur. Faut aller le voir en bande de copains ou en couple. C'est comme *L'Exorciste* ou *Carrie au bal du diable*, nous y allions en groupe d'étudiants, plus de garçons que de filles, tous tout excités déjà dans la file d'attente. Et pour sûr, nous allons revoir *Un dessert pour Constance*, cette fiction de Sarah Maldoror, tellement sensible et juste, et drôle. On s'offrira un petit-grand régal avec *Le Goût de la cerise* d'Abbas Kiarostami qui, lui, a rendez-vous avec la lune pleine à sept heures moins sept. Côté théâtre, faudra pas trop compter, m'étonnerait qu'on dégote un truc à notre goût. Encore qu'on ne soit pas à l'abri d'une bonne surprise. Bon, c'est pas tout, ça, au lieu de rêvasser et de bayer aux corneilles, je ferais mieux de préparer les choses, poétiquement et pratiquement.

***

Il y a une semaine, un copain m'a invitée à un regroupement sur le thème « Civilisations multiples, cosmos unique » autour d'un conférencier étranger qu'ils ont alpagué en profitant de sa présence au Brésil voisin. Je l'ai un peu charrié en lui disant que c'est mieux d'explorer les civilisations dans leur état pluriel, c'est-à-dire composites et dynamiques, que d'approcher des civilisations multiples, c'est-à-dire différentes entre elles et nombreuses. Cette appréhension par la multiplicité n'empêchant pas les guerres d'hégémonie. Il m'a envoyée paître en me disant que je fatiguais tout le monde avec ma manie d'enquiquiner les mots et de soûler les gens qui m'écoutent. Nous avons clos la controverse par un éclat de rire, en nous tapant les poings.

Avant de nous quitter, il insiste néanmoins sur les promesses de ce regroupement et m'assure que ce sera un beau moment de réflexion et de convivialité. Il me précise, avec une certaine fébrilité, la liste des confirmations. Mon homme au regard-faisceau émerveillé y sera. Je me suis bien gardée de frémir à l'énoncé de son nom. Il aurait différé un départ en territoire mapuche à Punta Arenas, à l'extrême pointe sud du Chili, pour y assister. Tu comprends, ajoute-t-il sur un ton railleur, il s'est entiché du livre de Sepúlveda, *Le Monde du bout du monde*. Il a décrété avoir découvert sa troisième dimension ancestrale, et qu'avant tout pèlerinage en Afrique, à Ségou ou Timbuktu, il veut se rendre en territoire amérindien dans le Pacifique, puis remonter là où sont passés les Olmèques. Il a bien saisi l'importance de cette conférence et choisi de reporter son départ au lendemain, précise-t-il. Je reçois ainsi des nouvelles fraîches, mais je ne me sens pas prête. J'ai donc décidé de ne pas m'y rendre. J'ai prétexté ce qui m'est venu à l'esprit : « Oh zut ! ça tombe mal ! j'ai une réunion Zoom à cette heure-là ! »

***

Je le quitte un sourire malicieux aux lèvres : Sepúlveda ! c'est une preuve de bon goût. Et quel esprit intrépide ! Vouloir se rendre à ce bout du bout du monde, en Patagonie, là où le Pacifique rejoint l'Atlantique… quelle fraîcheur ! Il y fait froid, d'ailleurs, à cette période de l'année. Il y a des bancs de glace. Et c'est un long voyage ! Il va passer le détroit de Magellan et longer le phare Pacheco. Puis, je m'interroge : comme moi, il ne guérit pas de *Moby Dick* ?! J'en conclus qu'il est de ces hommes qui ignorent que vieillir est censé les rendre grincheux, adipeux, taiseux ou radoteurs. Cette espèce d'hommes-là gardent le rire espiègle de leurs quinze ans, leurs voix conservent le timbre de la drague maladroite et gouailleuse de leurs seize ans, ils ont des désirs qui remontent les souvenirs et des gestes qui étrillent la morosité. Allez, il va donc embarquer sur le navire *Étoile du Sud*. Soudain je déduis que très probablement, il parle espagnol. Car la francophonie n'est guère vaillante dans ces contrées. Combien ont des rêves beaucoup beaucoup beaucoup plus modestes que ça ! Quel effet cela fait-il d'aimer l'idée d'un homme si intensément qu'il vous semble que vous n'avez jamais cessé d'aimer cet homme, même lorsqu'il s'était effacé de votre mémoire ? J'en frissonne. J'ai envie de lever le bec au ciel et me mettre à chanter, faux, aussi faux que possible, des aigus crissants et des graves caverneux démentis par mon rire, chanter Salvador

Je voudrais du soleil vert
…
Des photos en bord de mer
…
Mes mains qui courent
Je n'en peux plus de t'attendre

chanter faux chanter clair, laisser serpenter ma fougue hors de mon torse prolongé par mes bras, me mettre à courir et à danser, sur une plage comme Anthony Quinn-Zorba le Grec, ou, tant pis, en ville, sur une place comme Mads Mikkelsen à la fin de *Drunk*. Je pourrais aussi bien imiter cet Harold jubilant après avoir balancé son corbillard, *If you want to sing out, sing out, If you want to live high live high*… Il n'y a pas de film où les femmes font pareil ? Encore que Maud…

***

Je sens bien que cette occasion manquée n'est qu'un clin d'œil qui annonce mille délices. Déjà, le mois dernier, j'ai failli embarquer pour une virée à Bimini. Je m'étais inscrite, surtout pour les jardins de corail noir ; j'avais payé, puis j'ai eu un contretemps. Trop tard pour être remboursée, mais je n'en étais pas plus contrariée que ça car mon contretemps était un événement fort excitant : je venais de dénicher un festival de jazz à Kingston et j'aurais été très frustrée de rater McCoy Tyner. Ce sera parmi ses derniers concerts, l'âge oblige. J'ai su après que mon homme participait à l'excursion à Bimini, avec son épouse. C'est étrange, parce que cette excursion n'est absolument pas le genre de voyage qui m'attire : une île touristique, un tour organisé, c'est aux antipodes de mon mode de vie et de ma philosophie de la rencontre. J'avais cédé aux insistances d'un ami, sans bien savoir pourquoi. Et j'étais conduite à y renoncer pour un plaisir qui me ressemblait davantage. Mais voilà, j'apprenais que si j'y étais allée, je l'aurais revu. Pas seul. Sans doute, ce loupé était-il un signe ? Je décidai, en tout cas, de l'apprécier ainsi.

Je sais d'expérience la promiscuité de ces expéditions. Mon époux s'était avisé, il y a trois ans, de nous embarquer dans une histoire de croisière. Lui et moi, c'est une relation devenue un peu pépère, avec assez peu de goûts communs, le respect réciproque de nos penchants et préférences et une nette, quoique non préméditée, distinction de nos centres d'intérêt. Une sorte de pax americana. Je ne sais pas ce qui lui avait pris, il avait jeté son dévolu sur cette croisière. Une volière. Bon, c'est passé et ce ne fut pas tous les jours désagréable.

***

Je me dis que toutes ces occasions loupées, c'est un signe à coup sûr. Je dois me décider. Je vais le séduire. Sans vergogne. Quelle honte y aurait-il à donner du bonheur ? Surtout quand on a passé l'âge de pourrir la vie des autres. À supposer que ce soit une question d'âge plutôt que de tempérament. Je suis convaincue du contraire. Je n'ai jamais considéré qu'on aimait pour contrarier. De toute ma vie, je n'ai pas fait une seule scène de jalousie. Et pourtant ! je me suis mariée trois fois. Et j'ai connu deux ou trois hommes hors mariage. C'était dans les intervalles. Histoire de ne laisser rouiller ni l'âme ni l'ardeur. Il faut bien que le corps exulte, hein Brel ? Ils étaient plus ou moins intéressants, ces amants intermittents. Et je n'ai jamais savouré ces relations autrement que celle de deux adultes se faisant du bien. Je n'ai pas grand mérite. En vrai, je n'éprouve pas de jalousie. C'est tant qu'on vit qu'il faut vivre. Et laisser vivre. Sous terre, il fait nuit noire. Pas le noir lumineux de la peau de la reine de Saba. Ni le noir mat de celle du Roi mage Balthazar. Ni le noir crêpé du Soudan. Ni même le noir d'ivoire d'Auguste Renoir. Vous savez, cette couleur dont Matisse a dit qu'elle résume et consume toutes les autres. Ce n'est pas non plus la nuit des profondeurs sensuelles, celle des révolutions hystériques et généreuses. Sous terre, ce ne sont assurément ni ces nuits ni ces noirs. Ni le noir du limon du Nil. Ni les sombres lumineux de Soulages. Ce n'est pas non plus le reflet intense de l'onyx. Sous terre, et sans que s'infiltrent en beauté les nuances oppressantes du *Septième Sceau* de Bergman, il fait nuit noire, cette nuit sans pitié, cet absolu sans foi ni joie qui engloutit sans compassion ni repentir. La nuit du malheur, de la mort et du deuil. Oh là là je secoue la tête, je m'ébroue, allez ouste, je n'aime pas ces idées. *C'est le noir de la nuit qui embellit l'aube*, écrivait le poète Antara. Je vais donc le séduire sans vergogne. Je me suis débarrassée de mes bourrelets. Je dois reconnaître que j'en avais peu. Sage précaution, n'empêche... ces plis replets sont sournois, ils s'installent en douce. Quand vous les repérez, ils sont déjà fripés. Mais là, je n'en ai vraiment pas.

***

Je ne sais plus quand ni comment nous avons rompu. Ni même si nous avons rompu. Peut-être tout bêtement un simulacre d'exagération sur une sottise d'ados, un péché d'orgueil mal placé, des gamins immatures qui se la jouent Gatsby le Magnifique. Ou tout bonnement la vie djanmèt qui nous a séparés.

Je vais lui dire. Ces choses qui me remontent et qui s'étaient enfouies toutes seules. Ce soir où je suis allée au cinéma avec un collègue. Collègue, c'est pompeux. En réalité, c'était pour moi un job de vacances et ce « collègue » n'était qu'un VAT, un volontaire de l'aide technique, un jeune, bien plus vieux que moi néanmoins, qui faisait son service militaire. Mais qui venait d'ailleurs. Qui ne nous ressemblait pas. Ce film était une merveille : *Z* de Costa Gavras. Depuis, je l'ai revu dix fois. Ce soir-là, déjà, j'étais subjuguée par le jeu et la présence d'Irène Papas, l'allure bravache de Montand en député intègre, la tranquille détermination de Trintignant en juge d'instruction. Il ne s'est rien passé entre ce VAT et moi. Il s'est bien tenu d'un bout à l'autre, n'a pas eu un mot déplacé ni un geste incorrect. J'étais seule à le savoir. Il n'y aurait eu aucun sens à le dire. J'ai pressenti, juste après, trop tard cependant, que cela ne cadrait pas avec notre mode de vie. Et que faire ouvertement des choses non reprochables mais qui ne collent ni à nos mentalités ni à nos habitudes, qui de surcroît peuvent humilier, fût-ce sans la moindre intention consciente, c'est une faute en soi. Voilà, pour ces seules raisons, mes excuses tardives. J'aurai l'air bien débile avec ma tirade, si jamais il ne s'en souvient pas. Ce ne serait pas la première fois que je cogite à attraper des cheveux blancs sur quelque chose qui me paraît grave et dérangeant et que d'autres tiennent pour dérisoire. Tant pis. Il vaut mieux prendre le risque du ridicule que celui de laisser béante une plaie d'amour-propre. Les malentendus, ça gambade allègrement sur les flancs de l'amour.

***

Autant je suis disposée à m'excuser pour ce coup-là, autant je vais le rabrouer si jamais il évoque une ineptie dont je sais qu'elle a pesé de son poids mort. C'est peut-être aussi bien de la clarifier. Ce n'était rien d'autre qu'une calomnie. Un vrai truc de mec. Vantardise minable d'un faux caïd en mal d'estime. Un bougre, quoi. Je n'avais pas démenti. Pourquoi me défendre d'un cancan aussi grotesque et invraisemblable que celui-ci ? Je lui dirai : « Je crois que tu le sais mais je tiens à t'affirmer qu'il ne s'est rien passé entre ton beau-frère et moi. J'ai jugé, et je le pense encore, que tu aurais dû me faire confiance au lieu d'avaler les affabulations d'un mythomane. » Il va rire et me répondre : « Comment tu parles ? Tu n'es pas un livre ! » Ah, cette histoire de parler comme un livre. C'était son attaque favorite. Je vois venir. Je parie que, dans un brouhaha prévisible où vont s'entrechoquer nos phrases avec la hâte et la vivacité d'autrefois, il va évoquer cet ami, Allan je crois, qui nous fascinait par son rapport aux livres : il avançait dans sa lecture en déchirant les pages lues. C'était sa façon, radicale, de savoir où il avait terminé sa lecture la veille. Allan n'avait que faire de nos questions : et si tu veux relire un passage ? et si tu as un doute sur un personnage ? et si tu veux vérifier un fait ou un acte ? et si… et si tu veux prêter ou offrir le livre parce qu'il t'a plu ? Nous récoltions un regard dubitatif, un sourire ironique et condescendant, et c'est nous qui avions l'air de n'avoir pas encore discerné que lire c'est le contraire du rocher de Sisyphe : aucune chance pour l'absurde. Lire, c'est avancer, s'aventurer, se risquer, saillir. Je m'y attends : il va brandir cet ami en exemple, oubliant qu'il était aussi désarçonné que moi lorsque nous avons observé ce mode inédit de lecture. Il me fera probablement un numéro désabusé. Il a toujours aimé lire mais refusait explicitement déjà de « parler comme un livre » l'air, ce faisant, qu'il trahirait une chose essentielle. Sa propre voix ? Et il m'a vite reproché ce défaut que j'aurais acquis à mon enfance et à mon insu et que je cultiverais toujours à mon corps défendant. Je vais évacuer la querelle, ainsi que je faisais autrefois. Je sais une chose, qui me suffit : les livres sont ce qui m'a le plus comblée, en plaisirs, en évasion, en consolation, en intranquillité et en apaisement. Il me dira donc : « Parle comme on parle, pas comme un livre. » Je vais rire plus fort encore puis admettre : « Tu as raison, laissons tomber les affabulations d'un mythomane, disons plutôt : les conneries d'un crétin. »

Tant qu'à faire, partis sur cette lancée, on va en profiter pour tout solder. Je vais le brocarder pour les deux fois où il a essayé de me faire enrager. La première fois en me racontant les avances d'une voisine fraîchement débarquée du Brésil, qui lui aurait soi-disant volé un baiser dans un couloir. J'avais snobé. De surprise, je dois avouer. Peut-être n'avais-je pas été choquée au premier abord, étant moi-même de tempérament entreprenant. Puis, j'ai idée que cela se voyait trop qu'il me disait ça plus pour me tourmenter que parce qu'il avait apprécié ou qu'il regrettait. D'autre part, cette fille était jolie et vive. Sa témérité a dû me paraître bien naturelle. Et cette autre fois où, en ma présence, il faisait les yeux doux à une de mes bonnes copines qui, de son côté, s'amusait à l'aguicher. Je la revois, elle minaude ! Ce coup-ci, je reconnais que mon manque de réaction provenait plutôt de ma perplexité : je savais cette copine très amoureuse de son copain, je l'avais déjà vue accaparante, limite possessive. Et la voilà en train d'affrioler MON djal ! Quant à lui, il se met à arborer l'air d'un saint ébloui malgré lui. J'étais complètement décontenancée devant ce jeu réciproque. En plus, j'aimais beaucoup mon amie. Ses parents étaient arrivés de Canton quand elle était enfant. Elle nous racontait, et toujours un rayon de rire traversait sa voix, comment son père se moquait des métamorphoses que subissait le riz cantonais, partout dans le monde, ici en particulier, où on l'accommodait de ce qu'on avait sous la main, avec la surprise inexplicable d'un résultat toujours fameux. Je ne crois pas que cette comédie ait abouti à quelque chose. En tout cas, pour de bonnes ou de mauvaises raisons, ses deux stratagèmes avaient fait flop, et je ne vais pas me gêner pour le narguer sur ces deux fiascos.

***

Ce soir de nos regards croisés, je l'ai reluqué. Il a toujours une jolie silhouette, lignes nettes, courbes dodues et gracieuses. Il n'a pas perdu son temps : il a cinq enfants, je l'avais appris quelques jours plus tôt, par hasard. Il faut dire que j'en ai fait sept. J'ai choyé chacun de mes trois époux. Et pas une vergeture. Mon ventre est resté souple. Les maternités de son épouse ne l'ont pas abîmé. Je ne sais pas si elles l'ont abîmée, elle, je ne la connais pas. Qu'importe ! Je n'envisage pas de rivalité. D'ailleurs, c'est moi qui aurai la meilleure part. Je n'ai plus l'âge de voracité. Et tiens, je vais l'étourdir de mes parfums, l'enivrer de mon musc, je vais lui pétrir les muscles profonds, inhaler son fumet et gober son suc, l'éreinter à chaque fois, pour qu'il rentre essoré chez lui. Nos jours seront mes jours, nos nuits seront miennes et j'en serai seule reine. Souveraine. Et magnanime.

Je crâne un peu, bien sûr. Histoire de tenir la bride à cette émotion qui menace de m'engloutir. C'est un bonheur simple. Tendre. Je lui dirai en baissant la voix : « Je t'aime. Je m'aperçois que je n'ai cessé de t'aimer. » Je sais déjà que, comme ce soir-là, je vais fondre sous le charme de ce sourire que je n'avais pas croisé depuis trente ans. Les éclats que j'ai perçus dans le regard qui surplombait ce sourire me laissent penser qu'entre nous, l'onde va et vient.

***

Allô… Quoi ?! Quoi !!!!! Non, ce n'est pas possible ! ça n'a pas de sens !… mais de quoi ?!

Rupture d'anévrisme. La première nuit, à son débarquement. Un peu plus bas que Punta Arenas, je crois que c'est au sud du Chili. Il paraît que sa famille a galéré pour ramener le corps, c'est ce que me disait ma cousine au marché ce matin. Et je viens d'entendre à la radio l'avis de veillée mortuaire et d'obsèques.

Non !

Maya, chipie ravie

Je lui ai foutu un gnon. Il m'a bloqué le bras, puis l'a tordu. Je me suis dégagée. Je lui ai balancé une torgnole. Il m'a lancé un coup de poing. J'ai esquivé. Je l'ai griffé, puis avec mon pouce et mon index gauches, je lui ai torsadé la peau du dos. Il m'a enfoncé deux doigts dans les côtes, ensuite il est sorti.

J'ai fait mes bagages. Je n'avais pas le moral au zénith, mais je m'appliquais à siffler *I'm Feeling Good*, sur le tempo de Nina Simone. Je suis allée chez une cousine, Émilie. Elle m'a accueillie chaleureusement, et m'a installée dans un réduit qu'elle a prestement aménagé pour le rendre habitable. Deux mois plus tard, j'ai revu une amie de ma grande sœur, que j'avais rencontrée de façon impromptue l'année précédente et qui, généreusement, m'avait offert un poncho tricoté de très jolis motifs mexicains. C'était un vêtement bienvenu, j'étais, sous raisons financières, assez mal équipée pour l'hiver. Cette amie, Julia, dont j'aimais la grâce, l'élégance et la gentillesse, m'a proposé de m'héberger quelques jours si cela pouvait me rendre service.

***

Deux mois et demi que je suis partie, et ça y est, enfin j'ai décroché un emploi de baby-sitter sans rémunération, avec logement dans le fond de l'appartement, une chambrette et une minuscule salle d'eau attenante. J'avais droit également au repas du soir et à un petit déjeuner frugal, lait et céréales comme les deux enfants dont je prenais soin et que je conduisais à la crèche et à l'école.

Une nuit, j'ai failli mourir. Nous avions dîné de raie au beurre noir. J'ai cru rendre mes viscères. Je me suis vidée. Épuisée, je n'ai cessé de marcher – disons plutôt de tourner, dans la petite chambre – jusqu'au lever du jour, pour tromper la mort. Depuis, je n'ai plus soupé que de crudités et de potages.

On se revoit à la fac, la plupart de nos cours sont communs. Il me fait presque chaque jour son numéro de saudade et de regrets, jurant ses grands dieux qu'il ne fera plus de scènes de jalousie, ne me frappera plus même si c'est moi qui commence la bagarre, qu'il ne fouillera plus mes affaires, n'interrogera plus mes copines, n'ouvrira plus mon courrier, ne reniflera plus mes aisselles, qu'il ne bloquera plus la serrure de l'intérieur les soirs où je rentrerai tard, et tant pis si ça doit arriver souvent, ça ne fait rien même si tu sors du ciné ou du théâtre ou d'un meeting ou d'ailleurs, ajoute-t-il avec un air de chien battu. « Si tu reviens » trémolise-t-il. Il essaie de m'amadouer en susurrant ce surnom ridicule : Pol ! « Reviens, Pol ! » C'était le nom du coq djenga qui avait remporté le tournoi international de combats de coqs l'année du début de nos amours et de nos premières empoignades. Avec son humour de Charbonnier, il m'avait affublée de ce sobriquet saugrenu. Je dois convenir qu'il le prononçait toujours en le maintenant suspendu entre dérision et tendresse, ce qui en atténuait le ridicule. Il ne sait plus quoi me promettre, si tu reviens, je serai gentil, reviens à la maison je t'en prie, je t'aimerai de l'aube claire jusqu'à la fin du jour prononce-t-il, comme si nous étions un vieux couple-muse de Brel. Ça ne l'empêche pas de reluquer d'autres filles.

***

Je n'ai jamais eu l'idée d'aller à la police. Peut-être parce que je sais trop ce que c'est que de courir à perdre souffle en fin de manif, pour buter sur des bouches de métro fermées, m'écrouler à côté d'autres rêveurs d'un monde meilleur éperdus comme moi lors d'une dislocation brutale, et prendre quelques coups de matraque en s'abritant la tête des deux bras arqués en bouclier. Pour être honnête, je dois dire qu'il s'est trouvé, une seule fois mais quand même, que l'un d'entre eux me tende la main pour m'aider à me relever. Celui-là sauve les autres, mais on n'oublie pas la pluie de han han han à coups de gourdins blancs. En un éclair, on se dit : la Seine n'est pas très loin, ouille ! On pense à ce sombre 17 octobre, à ces travailleurs algériens, hommes et femmes, adolescentes aussi comme Fatima Bedar qui a dérivé, morte, jusqu'au canal Saint-Denis. On frémit au souvenir que, eux aussi, manifestaient paisiblement. D'après les photos, ils avaient mis des habits du dimanche. Peut-être voulaient-ils montrer que sous leurs salopettes d'ouvriers sous-payés et leurs blouses de bonnes à tout faire, ils sont des gens bien. Les pauvres sont comme ça, ils veulent toujours présenter bien et donner des gages de bienséance. Ça ne les a pas empêchés de finir, nombreux, dans le fleuve. Mais si ceux-là avec leurs tenues bleues veulent nous y traîner, on va s'arc-bouter et résister un max.

En hurlant à déchirer nos poumons pour ameuter le diable. Ceux qui parviennent à bifurquer, à poursuivre leur course sans jamais se retourner comme s'ils vengeaient Orphée, ou obéissaient aux contes crétins ou obtempéraient aux foutaises bibliques, et qui rentrent sains et saufs chez eux, sont alourdis par le remords, cette course frénétique étant une dispersion désordonnée où personne ne prend soin de personne. Le lendemain, on en rit, un peu gênés, inquiets du sort de ceux qu'on n'a pas encore revus, qu'on espère libres et planqués. En comptant avoir vite de leurs nouvelles. Chaque fois que les robocops lèvent leurs bâtons blancs, leurs boutous, au-dessus de nos têtes, on se demande si ce ne sont pas les mêmes qui ont assassiné Malik Oussekine, dans cet escalier où, étudiant comme nous, il s'était réfugié, seul, sans rien, ne serait-ce qu'une pierre entre les mains. Tu as beau craindre le pire face à des uniformes identiques à ceux que portaient ceux qui ont tué, tu entrevois dans une fulgurance et dans l'effroi que le pire que tu crains est déjà advenu, et peut donc vraiment advenir, et que c'est advenu exactement dans un moment tout pareil : juste avant Malik les regardait, bien vivant, quelques coups après il était mort. Tu frissonnes couché par terre. Tu te dis, on a beau avoir des prénoms plus chrétiens que Malik, ça ne fera pas de différence, ils s'en foutent de nos papiers d'identité. On a les faciès pareils, ça suffit à ceux qui tuent pour ça. Et tu réalises que ceux qui ont pu continuer à courir ont eu raison de courir. Tu espères avoir vite des nouvelles de tout le monde. Parfois, ça prend quelques jours. On flippe, chacun dans son coin ou à quelques-uns. On ruse comme on peut pour tuer le temps de l'attente. Le téléphone portable en ces temps-là, c'est comme la fourmi de dix-huit mètres de Desnos, ça n'existe pas, ça n'existe pas.

***

Je n'ai donc jamais eu l'idée d'aller à la police. D'ailleurs ça sert à quoi, de déposer plainte ? ça donne un logement ? et qui peut croire qu'on peut te protéger à l'intérieur de chez toi ? s'il y a un endroit où personne ne peut rien pour toi, c'est bien chez toi. Sans compter qu'ils sont capables de me reprocher les gnons et les torgnoles que je distribue moi-même. Va savoir ! Si tu as lu Zora Neale Hurston, tu comprends que chaque époque a ses escarres et ce sont toujours les femmes qui se grattent, et que ton histoire de sortir quand tu veux et de rentrer à la nuit bien tombée, bien épaisse après la dernière séance de ciné et après avoir eu tes propres frayeurs sur le trajet dans les rues mal éclairées, cette histoire-là, c'est une histoire à tracas et y aura pas grand monde pour te dire que tu as raison de vivre ta vie. Et si tu as lu Ida B. Wells, Alice Walker et Audre Lorde, tu sais qu'il faut construire ton individualité souvent contre les hommes, parfois avec eux, et malheureusement contre certaines femmes aussi. Et que rien n'est simple ni massif ni automatique, pas plus là qu'ailleurs. Bref, toi avec ta curiosité, tes émois, ton culot, tu ne débarques pas dans un monde déjà bien accompli que tu n'as plus qu'à célébrer. Dans la cité des humains, il n'y a rien d'acquis, sauf le pouvoir des hommes et leurs combines pour te faire trouver ça cool. Et nos manœuvres pour nous glisser dans les fentes de leurs toiles d'araignée, avec des simagrées au lieu de tout culbuter, ne servent à rien, évidemment ! Si tu as lu Virginia Woolf tu sais que, pour préserver tes territoires, il faut te battre comme une brute, à déchirer tes vêtements dans l'algarade, façon Théroigne de Méricourt ou Adélaïde Tablon. Mais on va arrêter ici mes élucubrations, parce que ce n'est pas le sujet.

***

J'ai loupé la moitié des partiels : j'ai eu la bonne idée d'attraper la varicelle. C'est la petite fille que je garde qui me l'a refilée. J'étais persuadée que c'était une maladie d'enfants. De toute façon, je n'aurais pas eu le réflexe de me protéger, vu que ce machin-là est sournois comme toutes les maladies contagieuses : c'est avant que surgisse le moindre signe que ça te contamine. Quand ça sort sur l'autre, c'est déjà trop tard pour toi. Le médecin m'a fait une ordonnance pour m'exempter des partiels. Mais sa feuille de papier stylé ne me sert strictement à rien : tu passes tes partiels, tu as une note ; tu ne les passes pas, tu es chocolat, que ton motif soit varicelle ou guerre nucléaire. Avec les pustules disgracieuses que j'avais partout, y compris sur le visage, plus les démangeaisons qui me donnaient la danse de Saint-Guy, j'avais plus envie d'aller à la plage, même sous les pavés, qu'à la fac.

***

J'étais censée disposer de mes soirées. Après avoir fait les enfants prendre douche et repas, avoir vérifié les devoirs et leçons du garçon et préparé leurs tenues pour le lendemain, j'avais quartier libre. Ils ne m'ont pas dit explicitement si j'avais le droit de sortir, mais le système digital du portail d'entrée bloquait à vingt heures. Ça changeait considérablement mes habitudes de traînailleries nocturnes. Ça allait encore pour les librairies et le ciné, c'était caput pour le théâtre et le reste. Pour le coup, je vivais mes journées plus intensément que jamais. C'est mon assiduité à la fac qui en faisait les frais. Jusqu'au jour où j'ai découvert que le système digital se rétablissait à six heures du matin. Je n'en abusais pas, quoique… Entre autres escapades, je pouvais me rendre un soir par mois à la réunion de la Fédération anarchiste. C'est un copain de cours, faussement déjanté et un peu trop exubérant pour inspirer des révolutions autres que lyriques, qui m'avait invitée la première fois. L'ambiance était studieuse, snob. Les réflexions se voulaient sérieuses et consciencieusement exploratoires sur les écrits de Bakounine et de Proudhon. Elles pouvaient s'entrecouper, à l'occasion, de plaisanteries très chic, trempées de diversions gourmandes sur les phalanstères de Fourier. Ces révolutionnaires de la nuit n'auraient pas tenu quatre jours dans une yourte, une guitoune ou un carbet, mais ils n'y prétendaient pas, leur révolution avait besoin de la ville, c'est son biotope. Cette ambiance était cependant plus tolérante que celle des réunions de notre association anticolonialiste. Chez nous régnait un duo de caudillos franchement ignares, qui bâclaient la pensée de Marx, bannissaient celle de Rosa Luxemburg, diabolisaient Trotski et déifiaient Mao. Nos querelles manquaient de relief et de panache. Nous étions pathétiques, parce que nous étions trop peu nombreux et trop ignorants de nos racines pour être sereins. Nous étions ainsi hermétiques aux palpitements, à la patience, à la cordialité qui conditionnent le partage d'un idéal. Je trouvais leur raideur faisandée. Tellement incongrue pour notre jeune âge. Ces camarades-là étaient dépourvus de légèreté. Leur engagement avait des allures surfaites. Ils me semblaient aussi potentiellement dangereux que les camarades de la chanson de Ferrat. Toutes proportions gardées. Pour l'instant, leur arsenal, c'était un verbe rabougri, contrefait par une logorrhée suintant le commandement froussard, moins qu'un pistolet à eau en plastique. Ils péroraient seulement, bien perchés sur une routine de mots élimés sans conséquences. J'avais irrésistiblement envie d'y introduire un fumet de danger. Une petite bouffée de risque. J'évoquais alors les Tupamaros, en rappelant que comme José Martí et Che Guevara, ça se passait tout près de chez nous, de notre terre d'origine, sur notre continent. J'éprouvais un immense plaisir à les voir virer au gris. J'observais alors, avec un amusement ostentatoire, d'abord ce mouvement physique de recul et de crispation, puis les éructations postillonneuses supposées m'ensevelir. C'était comme si, à chaque fois, j'avais brandi un pain de TNT. Je variais perfidement les formulations sur un contenu identique, et le plus drôle, c'est que les réactions corporelles, puis les blâmes et imprécations qui explosaient en riposte, restaient inchangées. J'avais l'impression que nous composions, à notre insu un épithalame bancal pour les noces bouffonnes de l'ironie et du pédantisme. Ça fustigeait mon « anarchisme » et mon « indiscipline petite-bourgeoise ». J'en crevais de rire, estimant ces critiques très drôles dans la bouche de ces aigles aux ailes de paille bien-mis-bien-nourris-bien-logés qui dépendaient de maman-papa et buvaient du vin au déjeuner, alors que je survivais malement avec une bourse aux échéances élastiques. Frantz Fanon me tourmentait déjà et toute facilité intellectuelle me paraissait coupable.

***

Ces soirs-là, et quelques autres, il me fallait dénicher un endroit pour dormir avant de rappliquer au-devant du jour. Une fois, j'avais écoulé la nuit dans un petit parc avec quelques copains qui avaient un habitat aléatoire, étant hébergés par-ci par-là et parfois nulle part. Ce soir-là, minuit avait déjà expiré, quand je les avais rejoints tout excitée. Je rentrais d'un concert de Bob Marley. C'était au Pavillon de Paris, à la porte de Pantin. J'étais revenue à pied dans le quartier. De toute façon, j'étais encore trop en feu pour prendre le métro, et j'économisais mes tickets du mois et la dernière rame était déjà passée, et en plus cette nuit de mai était agréablement fraîche. Il aurait fallu des trombes d'eau pour abaisser ma fièvre. Je scandais en marchant *A hungry man is an angry man*, en cadence, imitant le jeu d'épaules des filles du chœur, les I Threes, Rita, et Marcia et Judy. Je mimais la batterie de Carlton Barrett, et dans ma gorge, la guitare basse d'Aston. J'esquissais quelques pas sur *Lively up yourself, you rock so… you dip so…* Mais le clou, le moment qui m'électrisait littéralement au point que me le remémorer me figeait au milieu du trottoir, c'était *No Woman No Cry*, que nous, le public avions repris en écho décalé, ensemble mais à contretemps, une note trop tôt, une octave trop haut, et la salle en folie, et Bob qui parcourt des kilomètres en courant d'un bout à l'autre de la scène, avec des accélérations comme s'il avait aux trousses une horde de lions, puis une halte, *My feet is my only carriage*, il se retourne, il les a domptés, les lions sont devenus doux, il repart en soulevant le genou au menton, *You can't forget your past*, il est le maître le roi, *iron lion, Zion*, il a repris sa course *So dry your tears*, ses cheveux voltigent, son corps est en apesanteur il est une lave de sensualité en fusion, et nous dans la salle, nous sommes vapeur. Des gouttelettes aimantées. Rien d'autre.

Les copains de jardin étaient tout contents de m'entendre leur raconter le concert. Ils avaient un avis déjà bien élaboré sur cette tournée Exodus qui commençait à Paris et se prolongerait en Belgique et ailleurs. Ils commentaient les cancans sur l'infidélité de Bob et la chanson *Turn Your Lights Down Low* qu'il avait écrite pour Cindy. J'ai pu témoigner que ça n'avait aucun effet sur les performances de Rita, qui avait assuré toute la soirée en majesté, en voix et en présence. L'un d'entre eux, Élie, saxophoniste d'avenir selon ses dires, nous a joué un passage de *Jamming*. Son aire de répétition et de prestation était le métro, en particulier les interminables dédales de correspondance de la station Châtelet, parfois ceux de République, où il partageait l'espace souterrain avec des vendeurs de fruits et légumes ou des démonstrateurs de bibelots animés. Il affirmait que c'était sa période de probation, que nombreux étaient les artistes de renommée internationale à avoir atteint la maîtrise de leur instrument dans la rue et les couloirs parfois puants de ces sous-sols, tous les métros du monde ne sont pas des musées russes. Élie assénait que, d'une façon générale, les virtuoses de jazz avaient commencé dans des quartiers misérables, jouant dans des établissements minables où les gens écoutaient à peine sous le bruit des fourchettes, enfilant les salles pourries pour des cachets de misère, se faisant chasser des devantures de grosses enseignes chic, avant d'éblouir le monde et d'enfiler les rappels. Pas Miles Davis, trancha un autre, lui c'était l'aristocratie afro-américaine. Miles, c'est la classe en effet, au propre et au figuré, approuva Élie. Sur ce, il a entamé au saxo *Trenchtown rock, hit me with music*, entraînant une discussion passionnée sur l'enfance de Bob Marley et la plupart des Wailers, dans cette Trenchtown de Kingston qui revient dans plusieurs morceaux, y compris *No Woman No Cry*.

Ça nous a tenus le reste de la nuit. Je les ai quittés, moins fiévreuse mais toujours pleine d'allégresse. Je me suis engagée dans la rue très tôt, à cinq heures trente, en attendant que le digicode soit réactivé. Une espèce d'ostrogoth, un poil dépenaillé et trois poils malodorant qui, manifestement, avait fait loup-garou comme nous autres, s'est cru bien inspiré en voulant m'accompagner sur tout un pâté de maisons, en baragouinant des intentions confuses. Ce sont les éboueurs qui m'ont servi d'épouvantail pour m'en débarrasser lorsque je l'ai menacé de les appeler à l'aide, tout en avançant au rythme du camion-benne. Il a dû penser que je connaissais au moins un éboueur. J'ai fait comme si. La couleur, ça peut servir.

***

Mes patrons faisaient mine de ne pas m'entendre rentrer. Ou alors, ils considéraient que tant que j'étais à mon poste à l'heure, que je faisais mon travail auprès des enfants comme les autres jours, c'était mon affaire si je traînais ailleurs la nuit. Ils parlaient peu. Madame était au foyer. Elle se baladait dans l'appartement en mini-jupe, laissant apparaître des cuisses et des jambes encore galbées mais qui s'enrobaient déjà. Elle me faisait l'effet d'une vieille rombière. Elle devait à peine commencer sa quarantaine. La vingtaine est impitoyable. Lui était pianiste. Ils étaient tous deux assez casaniers, lui s'entraînant au piano toute la journée, elle ne sortant longuement que pour faire des courses. Un soir par semaine, elle se sauvait, avec des copines d'après ce que j'ai compris. Ces soirs-là, elle me gonflait de recommandations supplémentaires concernant le dîner et l'horaire strict pour mettre les enfants au lit. Comme si elle avait des remords de passer la soirée dehors, tout en étant frétillante comme une mante religieuse. Va vivre ta vie ! ta jeunesse est déjà en train de foutre le camp ! après, tu vas t'en mordre les doigts. Allez, ramasse tes ailes ! T'as pas lu Horace ? *Carpe diem !* C'est à nous, les femmes, qu'il parle : *carpe diem, quam minimum credula postero ! credu-LA !* Moi, quand un garçon me plaît, je le regarde pour qu'il se secoue. Je lui fais comprendre que j'ai l'intention de le goûter, que j'ai envie de le lécher. Je ne minaude pas. Bon, ce n'est pas à moi, plus jeune que toi, de te donner des conseils…

***

C'est la troisième fois en trois semaines. Il vient, torse nu ou vêtu d'une chemisette par-dessus un short. Il commence par faire mine de s'assurer que tout va bien dans la chambrette, me demande si je n'ai besoin de rien. Puis il tourne sur lui-même, comme une toupie au ralenti, un peu bête, avant de s'en aller. C'est quoi, ça ? Avec tout ce que je peux choisir, il croit que ses cuisses et ses jambes poilues... Moi, je peux batifoler, mais à condition que ça me plaise ! Il croit quoi, lui ? Je sens qu'il va voiler ma voile. À cet âge-là, tiens-toi un peu. Quarante ans en montant, c'est vieux ça ! Il a dû remarquer que j'écoutais sa musique avec joie ou avec émotion. Un soir, je m'étais adossée à l'arrière d'un pilier et j'avais gobé le morceau jusqu'au bout. C'était *Nature Boy*. Il ne chantait pas comme Nat King Cole, mais jouait presque comme lui. J'aime la musique. J'ai apprécié ce hit interprété comme ça. À la rigueur, peut-être ai-je aimé regarder courir ses doigts. C'est tout.

Hier soir encore, il est venu. J'avais peu d'effets personnels. Tout a tenu dans un grand cabas.

Léna, pythie répudiant pitié

Je sais bien ce que je risque, mais je ne vois pas comment faire autrement.

Certaines collègues me regardent encore avec commisération. Quelques voisins aussi. Au fond de moi, je m'en amuse. Au point d'avoir tellement pitié de ceux qui me prennent en pitié, que pour les conforter, j'arbore parfois des airs désemparés. Ça me permet de m'en débarrasser plus vite que si je prenais le temps de leur expliquer que tout va bien. Ils sont saisis d'une telle compassion qu'ils en deviennent muets. Ou bègues. Je m'éclipse.

***

Je reconnais que je reviens de loin. Ma meilleure amie, Ode, est infirmière en hôpital psychiatrique. C'est elle qui a fait des pieds et des mains auprès de mes sœurs pour que je ne sois pas admise au centre Pinel. Alors que mes sœurs pensaient au contraire que la présence de cette amie dans ce service était une garantie de bonne prise en charge. Mais Ode a poussé les hauts cris en disant que c'est vraiment le dernier endroit où aller si on n'est pas déjà fou furieux et irrécupérable. À supposer que quelqu'un puisse être définitivement irrécupérable, a-t-elle gardé pour elle dans sa gorge. Mes sœurs ne se sont pas laissé convaincre tout de suite, les arguments de mon amie leur paraissant plus sentimentaux que médicaux, plus philosophiques que pratiques. Mais Ode a réussi à les persuader. Les traitements par anxiolytiques abrutissants et la nouvelle camisole de force qui consiste à immobiliser un patient remuant en l'attachant sur une chaise à l'aide d'un drap, ça n'est pas un progrès en soi. C'est ainsi qu'Ode a commencé sa plaidoirie. Elle me raconte la scène en mimant les airs horrifiés qu'elle a composés pour effrayer mes sœurs. Tu comprends, je me doutais bien qu'elles devaient, à trois, être au moins aussi têtues que toi. J'étais obligée de jouer ma tirade à la Corneille, me raconte-t-elle en s'esclaffant. De vrai, ce n'était pas très difficile, ajoute-t-elle, car ce que je disais était parfaitement exact. Simplement, je voyais bien que le dire posément n'aurait pas ébranlé tes sœurs. Donc, j'ai fait descendre ma voix plus bas que mon plexus pour qu'elle soit un peu caverneuse et je leur ai expliqué les méthodes périmées qui avaient cours encore dans ces services. Les patients, on n'a pas le temps de les comprendre, de rechercher leurs antécédents familiaux ou déchiffrer leurs tracas personnels, on les assomme ou on les neutralise. C'est chimique mais c'est aussi efficace que les chaînes métalliques d'antan qui les fixaient aux murs des immenses salles aux parois écaillées et lépreuses. C'est pas du soin, c'est de la séquestration. Ajoutez la promiscuité quotidienne avec des grabataires en fauteuils roulants qui déambulent l'air absent, on dirait des fantômes dans les couloirs, les cris, les crises de rires nerveux, les sermons d'illuminés, les exhibitions de maniaques du strip-tease, et tous ces adolescents hagards qui flânent et lambinent en marmonnant… Je ne parle même pas de tous ces cacochymes qui se baladent avec des bobos qui suintent aux jambes ou ceux qui grattent les croûtes de leurs crânes chauves et jettent les peaux mortes n'importe où. Ce n'est pas l'environnement pour soigner une dépression nerveuse, leur a-t-elle asséné. Sans compter cette idée folle d'occuper ces zombies à fabriquer des confettis, qu'ils s'empressent d'éparpiller sur le perron du bâtiment, comme s'ils n'étaient pas assez hébétés et mécaniques tout seuls. Et je ne parle pas des couloirs sombres, des cafards dans tous les coins et recoins, des chariots qui crissent entre les rangées de lits. Quant à la nourriture… les marginaux qui errent dans la ville n'en veulent pas : ils ont laissé sur le palier de l'hôpital les premières barquettes de repas qu'on leur a offertes, et ils ont cessé de venir demander à manger. Pour les achever, elle leur a fait peur avec un film, un documentaire me raconte-t-elle en riant, sur les hospices psychiatriques de la France civilisée. Il ne faut pas se tromper, a-t-elle dit à mes sœurs. Confondre folie et dépression, c'est prendre une noix de coco pour un abricot. Comme son nom l'indique, expliqua-t-elle, la dépression c'est une baisse de tonus, une perte de repères, une absence momentanée, un égarement passager, un largage provisoire, un bref dégoût de la joie. Une brèche temporaire. Et ça se colmate ! À condition de traiter le malade, et pas la maladie. Ce n'est sûrement pas la définition officielle, mais je dois une fière chandelle à Ode. Je frémis avec retard. Je regarde Ode avec tendresse. Elle me raconte tout ça sans exagérer son rôle, en composant tour à tour tous les personnages. Elle est imbattable dans l'imitation de mes sœurs, tantôt en mini-foule compacte et soudée, tantôt en individualités séparées, craintive, pensive ou revêche. En l'écoutant, j'élève une prière pour remercier et bénir mes sœurs. Malgré leurs caractères aux antipodes l'un de l'autre en effet, elles sont restées soudées pour mon bien-être. Nous sommes au parc botanique. Les enfants courent et braillent comme s'ils avaient une meute de dragons aux trousses. Je frissonne à l'abri des branches du shawari qui chaloupent sous le vent au-dessus de nous, et dont les ombres vont et viennent autour du banc que nous occupons. En parlant de film, je dis à Ode, je me souviens de *Vol au-dessus d'un nid de coucou*. Je lui résume. Vite et mal. D'accord, ça ne doit pas couler de cette façon partout et tous les jours, je l'admets. Ça me soulage de me terroriser en retard avec cette histoire, c'est mon sens de l'exagération. Je sens trembloter mon cerveau et mon dos en me disant que j'ai dansé au bord d'un puits, au bord d'un gouffre, au bord de l'enfer. Je parle aussi à Ode de ce livre d'Albert Londres que j'ai lu il y a très longtemps, *Chez les fous*. Il est vrai que je lisais Albert Londres plus pour le style que pour l'histoire. Mon amie embraie avec un livre de Gogol, *Le Journal d'un fou*, qu'elle a lu lorsqu'elle faisait ses études d'infirmière spécialisée. Zéro valeur informative, dit-elle, mais tu dégustes en entrant dans la tête de ces drôles de gens. Gogol ! ai-je dit, eh ben !

jusqu'en Russie ! décidément il n'existe pas de pays sans fous ! Nous avons continué, alors que le serein tombait, à égrener nos souvenirs et références disparates. J'en ai un qui bataillait pour remonter, plus lointain et trop imprécis, ce qui le rendait encore plus flippant : c'était au temps de mes douze ans. Hervé Bazin. À cette époque, je crois que j'ai avalé tous les livres de cet auteur. Ils étaient tous à la bibliothèque du collège. Celui-ci, son titre portait sur les murs, et je me rappelle très vaguement l'histoire. À force de se faire peur, je crois qu'on s'est mises à tressaillir toutes les deux. Ode s'est ressaisie avant moi. Bon, tout ça, ce sont des combinaisons pour romans, a-t-elle tranché. Dans la vraie vie, les choses peuvent être plus rudes mais au moins elles sont moins générales. Nous sommes restées silencieuses quelques minutes, avant de battre le rappel des enfants. Ce n'est pas qu'une fière chandelle, c'est une rangée de chandelles que je dois à Ode. D'autant qu'elle s'est astreinte à me rendre visite tous les jours chez ma sœur qui m'avait recueillie.

***

Ma plongée a duré deux mois. Huit semaines à ferrailler contre des épouvantails. Soixante jours d'absence au monde. Puis je suis revenue. Mes souvenirs sont épars et imprécis. D'une extravagance crasse. C'est Ode qui avait raison : tout ça, c'est du provisoire. Mes sœurs me racontent mes déraillages. C'est à mourir de rire. Et on meurt de rire, à chaque fois. Mon commerce avec les esprits, quand je leur promettais des pèlerinages et des sacrifices de rats et de pians contre leur protection. Mes disputes avec des anges déchus, leur reprochant leur trahison. Mes menaces contre les génies sournois, leur annonçant la foudre contre leurs mauvais coups. Mes grandes absolutions en faveur des revenants que j'étais seule à voir. Mes bravades, index levé, contre les lutins malintentionnés, les démons de pacotille, les baklous malfaisants. Bref, tout un monde invisible aux autres et qui semblait m'entourer, me harceler, m'assaillir, tantôt indifférent à mes fulminations, tantôt semblant capituler, tantôt me clouant d'effroi sous un chantage dont je ne formulais, paraît-il, que des bribes.

***

Mes sœurs évoquent des fois des impertinences contre mon patron, tout en précisant qu'elles étaient rares, fugaces et toujours déconcertantes. Je ne sais si elles me le cachent, mais apparemment je n'aurais rien dit à haute voix concernant Soho. C'est mon compagnon du moment. Tout ça est inexact. Il n'est pas mon compagnon car il est marié et ne passe que très rarement la nuit chez moi. Mais je sais que son épouse et lui font chambre à part depuis toujours paraît-il. C'est ce qu'il m'a dit dès le début. Et il n'est pas du moment, au sens où il serait de passage. Non. Voilà cinq ans que nous sommes ensemble. Cinq ans que personne d'autre ne fréquente mon lit. Disons que c'était mon compagnon du moment de la craquelure. Les semaines et les jours avant, il m'arrivait d'être négligente avec mes enfants, c'est dire ! Sauf mon petit dernier. Celui-là, quand il était bébé, il était mignon ! le portrait de l'Enfant Jésus de Prague. Plus joli encore, avec sa peau marron veloutée. En grandissant, ses retards ont révélé un handicap. Il a pris son temps pour apprendre à malmener quelques mots et pour cesser de mélanger ses jambes en marchant. Mais il est resté tellement joyeux et câlin que tout le monde fond devant ses rires et son charabia. Au point qu'on rit de ses chutes, quand il les transforme en clowneries. Avec mes autres enfants, j'étais moins conciliante. À dire vrai, je n'ai jamais eu deux sous de patience. Je m'emporte comme un chat sphynx à la première contrariété. Mais ça ne dure pas. Mon énervement s'envole par le même chemin que mes abois d'énervement, ou bien il dégage avec le premier objet qui se trouve à portée de main, que je lance contre l'énerveur. Souvent, je vise délibérément à côté. Je connais mes enfants par cœur. Je sais lequel esquive et lequel reste figé. Je vise en conséquence pour ne pas les atteindre ni leur faire mal. Tout ça pour dire que ces derniers temps, j'étais devenue encore plus soupe au lait. Je sentais bien que quelque chose m'échappait. Soho était de plus en plus silencieux. Il restait moins longtemps et me quittait de plus en plus tôt, à peine la nuit tombée. Il se pointait plus tard aussi. Il boudait mes œufs au lait parfumés à la vanille, cannelle, muscade et au noyau d'amande, dont il raffolait jusque-là. « Je surveille mon foie », prétendait-il. On dit des mots de cette sorte dans une causerie d'amour ? Pourtant je le servais dans ma belle vaisselle en faïence décorée d'anges et de paysages blanc et bleu. Je me suis cassé la tête. Qu'est-ce que ça pouvait être ? Je n'avais pas changé de parfum. J'avais adopté une nouvelle coupe de cheveux deux mois plus tôt, et non seulement il l'avait remarqué, mais il avait fait : « Nouvelle coiffure ! hum hum » sur un ton gourmand. Il était de plus en plus présent-absent. Ce sont des choses que nous, femmes, nous repérons vite fait. J'avais beau déployer toutes mes astuces de séduction, me faire aguicheuse jusqu'au ridicule, genre que je rôdais encore dans mes vingt ans, me priver de carnaval pour éviter qu'il ronchonne, c'était toujours des scènes de rouspétance chaque année, là, rien à faire, il planait ailleurs. Certains soirs, il se contentait de s'allonger jambes pendantes en largeur du lit. Sans se fatiguer à enlever ses chaussures. Et il nous mettait tous les deux à la diète. J'ai essayé de bouder moi aussi, il n'a pas eu l'air de s'en rendre compte. J'ai hésité : vais-je franchir la ligne et lui demander s'il a un souci chez lui ? Quelle que soit la forme que j'aurais donnée à ma question, aussi large et impersonnelle, elle aurait signifié : est-ce ton épouse qui te cause du souci ou t'inquiète ? Et puis quoi encore ?! Ils vivaient à deux dans une grande maison depuis trente ans et plus. Et qu'est-ce que ça pouvait me faire ? Sa femme est une grenouille de bénitier. Et d'ailleurs, comment je parle ?! C'est moi, Léna, sa femme ! Son épouse est une grenouille de bénitier. Un ravet d'église, une enragée du chapelet. Elle croit peut-être que les grains du chapelet, ça donne des enfants ? Je ne sais pas quels péchés elle expie. Chaque matin elle assiste à matines. Je ne sais pas si elle était déjà aussi mystique quand ils se sont mariés. Ils n'ont pas d'enfants ensemble. Nous en avons trois. Et je sais qu'il en a deux autres avec une ancienne maîtresse. Une espèce de fausse élégante qui se croit maligne à circuler devant chez moi certains dimanches en faisant claquer ses talons hauts. Le style je te le laisse à l'aller, je le reprends au retour, tu croirais qu'elle avait un droit de propriété sur l'homme qui n'était même pas à elle ni devant dieu ni devant diable. Je ne perds pas mon temps à la toiser. Si je suis sur mon balcon, je rentre aussi sec. Elle ne passe plus depuis deux mois. Est-ce qu'elle est en train de le reprendre ?

***

J'ai tenu bon. J'ai évité, même lorsque je me sentais tellement accablée, j'ai évité de me négliger. Nouvelle robe tous les jours, shampooing tous les dimanches, bâton d'encens dans la chambre, fleurs dans le vase, sourire plaqué sur mon visage à la façon d'un rictus empesé. J'ai repéré des émissions intéressantes à la radio, que j'écoutais pour lui en parler. J'ai fait l'effort de lui proposer que nous en écoutions une, ensemble, histoire de partager quelque chose, puisque la conversation s'était tarie. Il y avait une émission de suspense en milieu de soirée, à l'heure où d'habitude on se livrait à des jeux coquins. Il en a écouté une poliment un soir, mais ça se voyait que son esprit voyageait dans des paysages désolés et désolants. J'ai voulu trouver des mots avec des paillettes et de la cadence, et un petit peu de brume, pour lui faire comprendre l'état de mon âme. J'ai cherché des poésies, mais je ne trouvais que des trucs qui ressemblaient à des comptines ou des choses qui parlaient de siècles qui n'avaient rien à voir avec nous. J'ai choisi un trente-trois tours de Barbara, et j'ai pris le pli d'écouter la chanson *Dis, quand reviendras-tu ?* en rentrant du travail. Ce n'était pas une bonne idée du tout. Les paroles et la mélodie me faisaient pleurer comme une madeleine. Le temps s'écoulait, les choses ne s'amélioraient pas, j'ai commencé à me dégrader. Mon visage est devenu une figure cramoisie aussi laide et piteuse que ces bustes en plâtre effrité à l'entrée de certains bâtiments. Mon sourire s'est vite transformé en grimace comme sur les masques de Touloulou ou les faces de gargouille. Mes jupes m'ont signalé que je perdais du poids. Pourtant, je n'étais pas ce qu'on appelle fragile, le destin m'avait déjà bien secouée. Depuis une éternité je naviguais seule dans la vie. Quand ma maman est morte, il a bien fallu qu'à seize ans j'arrête d'aller à l'école et que je m'occupe de mes sœurs. Heureusement, j'avais eu le temps de réussir au certificat d'études. Ça m'a évité d'être toute nue pour démarrer sur ma route. J'ai vite trouvé du travail, et dès le début, j'ai visé de progresser. Quand Soho s'est invité dans mes jours et mes nuits, les hommes m'en avaient déjà fait voir, des couleurs vives et des couleurs ternes. Et pas de pot. Une étreinte, un enfant. Ces casanovas ne vous disent pas tout de suite qu'ils sont mariés. J'ai appris à me méfier. Dans le doute, je vais voir Man Ismène. La reine des plantes. C'est grâce à elle si j'ai pu faire partir des spermes avant qu'ils prennent leurs aises au fond de ma matrice. Seulement, il vaut mieux aller la voir tout de suite, dans les trois jours. Après, elle peut encore faire quelque chose, mais c'est plus compliqué. Or je suis une sentimentale. Quand je suis amoureuse, j'aime offrir un enfant. Et je dois dire que j'aime mes enfants. Ça change rien quand le père prend le large. Il y en a, ils sont de cette catégorie : ils viennent, ils te remplissent la tête de bobards, ils t'arrosent et puis ils vont cabrioler ailleurs. J'ai souvent eu la déveine de tomber sur ces bonimenteurs qui n'ont jamais aimé personne comme ils t'aiment. Et puis un jour, ils sont pris du vertige du mari fidèle, ils rentrent dare-dare à la maison chez leur fafemme, et il ne leur reste plus le quart d'un œil à jeter sur l'enfant qu'ils ont planté dans ton ventre. Soi-disant, au début, toujours, il ne faut pas les confondre avec les autres. Mais ça, c'est le baratin des premiers jours. Ils se comportent de cette manière, et tu crois qu'ils vont se critiquer les uns les autres ? Compte dessus ! C'est toujours nous les femmes les fautives, on ne sait pas se tenir, on est des dévergondées, on se laisse toucher par n'importe qui pareil que la morue sur le comptoir de vente, et patati et patata. La seule femme sainte, c'est leur manman. Mais on se demande comment elles les ont élevés. Et si elles les ont eus avec la méthode de la Vierge Marie Immaculée Conception, qui fut maman paraît-il, sais pas si elle a accouché par la bouche ! Enfin, tous ces fils de vierges-là, ils se comportent bien comme des fils de… des fils de rien. Non, non, je ne vais pas le dire, moi aussi je suis une mère. C'est à eux que j'ai affaire, pas à leur passé ni à leur enfance, ni à leur génitrice pour utiliser le jargon médical. On est des adultes. On peut se fâcher, mais bon… En tout cas, moi je dis à mes enfants qui est leur papa. Et tu connais cette parole : tu fais tes enfants mais tu ne fais pas leur caractère. J'en ai un, chaque fois qu'il croise son père, il le nargue. Le nigaud de père, il ne trouve rien de mieux à faire que de venir se plaindre en me disant que l'enfant, onze ans, ne le respecte pas. Eh ben bon, y a quoi de respectable dans ta lâcheté ? Mais je radote. Je voulais dire que j'avais déjà eu mon compte de démêlés avec des hommes mariés et mon compte de déveine avec des papas-poudre d'escampette, avant de rencontrer Soho. Tout roulait sur des roulettes. Et voilà, subitement, au reste non, c'est venu à petits pas, et tant pis pour moi si mes yeux et mes oreilles se sont ouverts seulement lorsque les pas étaient déjà devenus moyens, il était là sans être là, il continuait à venir, en faisant mine d'ignorer les bondissements de son humeur à la Ménalque de ce La Bruyère qu'on apprenait à l'école.

***

C'est mon corps qui a paniqué en premier. Mon tour de taille est devenu haricot vert et mes deux tétés bien debout ont commencé à s'affaisser. Je n'avais plus le goût de mettre des talons aiguilles pour aller au bureau. J'attrapais mes cheveux et les nouais à la patabol. Mes collègues se sont mises à chuchoter quand j'approchais. Sauf Éline. Gentiment, elle me demandait si ça allait, si j'avais besoin de quelque chose. Éline était à six mois de sa retraite. Elle restait protectrice envers nous toutes. Certaines ne m'aimaient pas. Elles n'aimaient pas ma carrière qui avançait bien. Sans voir que je travaillais dur et que je passais des concours. D'accord, j'avais des promotions un peu plus rapides que tous les deux ans, mais ce n'est pas ma faute si…

Éline me proposait de partager sa gamelle à midi. Elle avait remarqué que je n'apportais plus mon Tupperware avec mon repas qui dégageait toujours un fumet appétissant quand je le réchauffais. C'est que je n'avais plus d'appétit.

Je me souviens bien quand ces personnages bizarres se sont mis à venir m'asticoter. Ils connaissaient mieux ma maison. C'est là qu'ils ont d'abord pris leurs aises. Là qu'ils venaient m'agacer. À toute heure. Puis ils ont découvert mon lieu de travail. Au bureau, ils n'étaient que de passage. Surtout ce papillon rouge dont les ailes tenaient au corps avec des ficelles, ce qui ne l'empêchait pas de tourner autour de ma tête en grognant comme un hanneton. Éline m'a protégée tant qu'elle a pu. Elle ne me contrariait pas quand je rabrouais le papillon en lui disant d'aller se trémousser ailleurs. Elle restait calme et me rassurait lorsque j'engueulais l'horloge pour qu'elle cesse de ricaner et de changer de couleur. Un jour j'ai hurlé parce que l'horloge pelait et que son balancier grossissait grossissait et allait péter la cage vitrée. Quand les autres ont demandé ce qui se passait, Éline a dit que c'est elle qui avait crié parce qu'elle s'était coincé un doigt dans la porte.

Évidemment que j'avais des soucis de toutes qualités. Comment voulez-vous ? Mère de sept enfants, mon seul salaire pour nourrir toutes les bouches, et l'homme que je chérissais et choyais et gâtais et vénérais se prenait pour Abélard ! Et pour arranger les choses, mon patron avait l'air remonté on aurait dit un coucou, à m'appeler pour ci, me convoquer pour ça, à me reprocher ma distraction et ma baisse de rendement. Tout ça m'embêtait, mais beaucoup moins que les mystères de Soho. Il devait bien s'en rendre compte. Il a pourtant continué à faire son Belphégor à sa façon. Or, à en croire mes sœurs, Soho ne faisait pas partie de mes élucubrations. Pourtant, je crois que c'est bien lui le nœud du décrochage, la cause de la craquelure. Il faut croire que tous nos secrets ne s'éventent pas, même lorsqu'on perd les pédales. Il reste une région de l'esprit qu'on garde bien verrouillée.

***

En attendant, tout ça est passé, et bien passé. Je suis revenue à moi, et il est revenu chez moi. Plus attentionné que jamais. J'ai retrouvé le goût de faire des frasques. Et d'abord, je vais changer tous les rideaux : ceux de ma chambre, de la chambre des filles et de la chambre des garçons. Je vais faire donner un coup de peinture dans la cuisine, et changer la gazinière. Je vais remplacer le mobilier de la salle de bains, et renouveler toutes les taies de coussins du salon. Je vais taper dans mon épargne, pas trop, pas prudent quand on a des enfants, on ne sait jamais quelle urgence peut nous tomber dessus. J'aurai besoin d'une augmentation. D'une prime aussi, c'est souvent plus facile à négocier. Mais une augmentation en plus fera mieux mon affaire. Parce que je dois aussi modifier ma garde-robe. J'ai l'impression que la mode a changé en accéléré, pendant mes deux mois de comédie psychique. De toute façon, ça va me démolir le moral de remettre mes hardes d'avant ma saison de divagation. Et puis, il me faut des affaires de toilette plus chic et des tenues de soirée plus classe. J'ai bien l'intention d'être à la hauteur. Il me faudra aussi quelques dessous affriolants, et des nuisettes brodées et ajourées qui mettent en valeur et le haut et le bas. Au lieu d'y aller avec sa femme, il m'a choisie, moi Léna, pour l'accompagner ! C'est un séminaire de son club select, qui va se tenir bientôt pendant une semaine. Je vais donc prendre une semaine de vacances et je vais pouvoir jouer à la dame devant ses amis aristos. Rien que des gens de la haute ! Je vais embaucher une nounou, je ne veux pas que mes enfants soient dispersés encore, je ne veux pas faire remonter dans leurs têtes et dans leurs cœurs les souvenirs et l'expérience de ma dépression, quand mes sœurs les ont répartis entre elles et chez des cousines. Je ne picore pas mon bonheur sur leur dos.

Donc je cherche des sous. Y a pas trente-six endroits pour ça, ni trente-six solutions. Une prime plus une augmentation… Je sais, mes collègues vont encore jaser. Elles vont encore m'en vouloir. C'est ma faute si, chaque fois qu'une de nous est absente, au lieu de recruter du renfort, le patron répartit le travail entre nous ? Lorsque c'est l'une d'elles, je prends bien ma part dans le rab de travail. Et je ne ronchonne pas.

Évidemment, pour une prime plus une augmentation, je vais devoir mettre les bouchées doubles, dirait-on. Je vais aller voir le patron. Quand je vais sortir deux heures plus tard de son bureau-canapé, j'aurai sûrement obtenu ma prime. Pour l'augmentation, ça sera plus corsé à coup sûr. Je suppose qu'il faudra que j'aille chez lui… Une après-midi. Pendant que sa femme est au boulot. Elle est prof. Éline ne va pas moufter. Et quand les filles vont insinuer qu'on connaît les recettes de promotion pour certaines, Éline va simplement leur répliquer « Quand t'es pas fort, t'es faible, et ça sert à rien que les faibles crachent sur les faibles ».

***

J'ai le droit d'embellir ma vie, de saisir mes chances.

J'ai demandé une audience au patron.

Je sais bien ce que je risque. Je ne vois pas comment faire autrement.

Lamentable Hadès

Il grogne. Se retourne et campe sur le flanc. Position inconfortable et incongrue. Grotesque. C'est la seule qui lui procure un léger soulagement. Sans le moindre effet sur son humeur. Grincheuse. Sans jamais varier. Elle se hâte pour redresser ses oreillers. Il la rabroue. Elle, c'est Élyse son épouse. Elle est noueuse comme un tronc de waséy. Elle a passé sa vie à le servir, à s'empresser pour satisfaire ses moindres besoins que, neuf fois sur dix, elle anticipait à l'envers. Il la rabroue comme on chasse une mouche. Elle, sans rancune depuis cinq décennies de mariage, noces d'or disent-ils, ambiance de plomb plutôt, elle reste prévenante et d'égale figure. Elle ne se réjouit pas de son état, comme le feraient probablement mille épouses maltraitées et frustrées. Elle ne semble pas non plus en être affectée. Ce qui est peut-être pire. Équanime dans le caractère et les gestes. Jours de bougonnement ou d'apathie, le soleil ne change pas l'heure de son coucher. Elles se partagent les corvées domestiques. Elles n'ont guère besoin de se parler pour répartir les tâches. Odile la servante a ses habitudes dans cette maison depuis un quart de siècle. Elle s'est accoutumée davantage aux muettes ruses de fuite de la patronne qu'aux objurgations du patron. Elle le tient pour enfiellé et pète-sec en dégrappe. Elle a affûté l'art d'esquiver ses tyrannies, trop inconstantes pour qu'on y décèle quelque intelligence ou sadisme. Juste une manie d'autorité. De l'aigreur. Surie.

Il est de plus en plus sujet à ces crises, on dirait une espèce de mélancolie enragée. Sûr qu'il y a de quoi. Quelqu'un qui a passé tant d'années de sa vie à parader, à se prendre pour un dignitaire ottoman ou un héritier capétien, désormais cloué au lit, ne recevant aucune visite, même pas et surtout pas celle de ses courtisans, oublié de tous comme si on l'avait déjà enterré, ou plutôt incinéré, fourré dans une urne, allez hop, on ne va pas déranger le monde, même pas placé dans un caveau au cimetière avec son nom tracé en long et en large, non, juste un bocal de luxe, de la poussière dans de la porcelaine, le voilà obligé de rester là, scotché dans ce lit qui s'élargit au fur et à mesure que son corps rétrécit, avec pour seul horizon ce petit carré de ciel flouté par les voilages aux fenêtres. Il se demande si son épouse ne profite pas de son impotence pour se venger. Il la trouve impavide. Si vous croyez qu'elle fera l'effort d'un semblant de chagrin. Sans compter ce médecin condescendant qui a l'air de s'amuser à le traiter comme un gâteux, en tout cas pas comme un homme de pouvoir, il en eut pourtant... En ces temps regrettés, être directeur d'école, ça n'était pas qu'un emploi. C'était une fonction et un rang.

***

Il revoit l'enfant triste. À cette souvenance, il ressent la chaleur humide d'une joie sordide. Il s'en étonne. Ces dernières années, il a cru, épisodiquement, en éprouver des remords. Il n'en a jamais montré aucun signe extérieur. En tout temps en tous lieux, on reste raide comme la justice. Y compris dans ses actes injustes. Ne jamais se dédire ! Il a toujours aimé jouer au notable. Jouer, c'est-à-dire forcer le trait. Car il EST un notable. Et il aime cette position sociale. Il l'accentue par une posture d'éminence. Il a toujours considéré que ce privilège social devait s'entretenir par une due part d'ostentation. Être un bienfaiteur, cela doit se voir.

Tenir son statut est une obligation. L'exemplarité doit être de forte apparence, elle doit presque s'exhiber, à condition de se draper de modestie, cette dernière fût-elle surfaite ou artificielle. Elle doit, suprême reconnaissance, susciter des commentaires. Il faut des accessoires à la notabilité. Il a épousé une femme qui ne l'émeut pas mais détient du patrimoine. Conséquent et visible. Du patrimoine matériel et du patrimoine symbolique. Vieille famille. Vieille fortune. Une généalogie qui se perd dans la nuit des temps, agrémentée d'histoires troublantes mâtinées d'évocations mystérieuses sur des fils maudits ou des oncles aventuriers. Pour ne rien omettre, quelques allusions sulfureuses à des pubères fugueuses ou des femmes bréhaignes répudiées. Il faut, d'une façon ou d'une autre, sortir du lot. Y compris par des voies fantastiques. Il est essentiel de distinguer l'aristocratie de la comprador. Vieille famille, vieux nom, et qu'importe si le patrimoine foncier est inerte et que la vie mondaine s'avère, sinon chiche, au moins tempérée, il FAUT faire la différence. Rien n'est pire que d'être mêlé à ces derniers riches, commerçants en gros, grossiers et *grosso*, bedonnants et bouffis, toujours prompts à étaler leur nouveau magot. Mieux vaut être un aristocrate obsolète à fines manières perché au sommet de sa condition, qu'un parvenu susceptible de commettre des fautes de goût ou de code dans des lieux et des circonstances où il est toujours déplaisant et préjudiciable de mélanger les serviettes avec les torchons et les éponges.

***

Ce petit garçon était passionné de sciences. La maîtresse l'avait déclaré l'année d'avant en réunion des parents, tant elle trouvait impressionnants son savoir et sa curiosité. Elle soutenait, en se redressant, que si rien ne contrariait cette passion, il deviendrait probablement un scientifique, peut-être un chercheur. Il avait pensé par-devers lui : « Comme tous ces chercheurs qui ne trouvent jamais rien. »

Il l'a vu dans la cour au deuxième jour après la rentrée. Un enfant vif et agile. Il s'est aligné avec les autres et s'est rendu dans la salle de sa classe, alors que son nom n'avait pas été appelé. Têtu ! Il ne comprenait pas pourquoi il était seul de son ancienne classe à ne pas être avec tous ses anciens camarades et son ancienne maîtresse. Cette maîtresse était ainsi : elle tenait à garder ses élèves deux années consécutives ; alors, comme elle disait : elle montait avec eux. Et les ayant conduits sur deux niveaux scolaires, elle redescendait et prenait en charge une autre promo de petits garçons et de petites filles, avec l'air bouffi de croire qu'elle déterminait leur destin. À l'école élémentaire ! Avec toutes les péripéties que la vie leur réservait ? Il ressasse. Ni content ni mécontent. Ni honteux ni triomphant. Il s'est écoulé tant de temps. La maîtresse ne devait pas comprendre plus que le petit garçon pourquoi il était le seul à ne pas être « monté » avec elle. Mais il avait pris ses précautions. Il avait remplacé cette vingt-huitième place par un enfant pioché dans une autre classe. Ainsi, son effectif était complet. Elle n'avait pas le choix, elle l'a renvoyé. Et elle n'a pas osé lui demander d'explication.

Ce sont les parents qui étaient venus exiger des éclaircissements. La mère. Elle ne comprenait pas que son enfant n'ait ni leçons ni devoirs à faire à la maison. Elle s'en étonnait vu que l'école n'organise pas non plus de séances d'études. C'était le genre de parents qui croient avoir compris mieux que personne les vertus pédagogiques des kilos de devoirs. Cette sorte de gens progressistes entichés des méthodes Montessori, Freinet ou Ilitch, mais qui, impuissants à convaincre le rectorat de les promouvoir, compensent en voulant un enseignement classique, mais alors in-té-gra-le-ment classique.

Cette remontée de souvenirs n'est pas un tourment. Il ne comprend d'ailleurs pas pourquoi cette histoire revient plus souvent que toute autre. Elle survient comme un clapotis. Agaçant. Irritant. Une façon d'obsession. Pas digne de lui. Combien de ses concitoyens ont pensé qu'il menait une vie exemplaire. Ils avaient raison. Il recevait les compliments avec une humilité feinte. Sans se départir néanmoins d'un regard lointain et d'un sourire hautain. Invariablement. Que le compliment soit sincère ou qu'il soit servile. Il faut, en toutes situations, tenir son rang. Et dans une société aussi instable, il convient de pratiquer l'intimidation de classe. Sinon les cloisons invisibles deviennent poreuses.

***

Ses tympans babillent et frétillent. C'est ce machin inconfortable et traître qu'ils appellent oreille interne. Le plafond se dilate, monte en se déformant comme un dôme, s'étire puis commence à s'affaisser. Il ferme précipitamment les yeux, son corps continue de tourner, virevolte, le lit se met à tanguer. Il s'accroche en s'efforçant de ne pas hurler, ses mains essaient d'agripper les rebords, trop loin, à défaut ses doigts ramènent les draps, il hisse sa masse de chair inerte en rampant sur le dos pour atteindre les arceaux du lit. Il sait que ça va passer. Il faut tenir… Ses sphincters ont encore lâché. Il est mouillé. Ça sent l'ammoniac. Pas seulement. Des effluves fétides. Incontinence par-devant et par-derrière. C'est cela le comble du malheur, cette humiliation permanente, ces muscles qui lâchent, ces pudeurs qui s'enfuient, cette fierté qui se dilue. Elle ne va pas tarder à venir. Imperturbable. Ce sera Élyse. Cette péteuse d'Odile ne s'abaissera jamais à le nettoyer. Elle a répliqué qu'elle n'était pas infirmière le jour où il l'a sonnée alors que son épouse était sortie. Il n'attendait pas qu'elle le nettoie, il voulait seulement qu'elle lui passe une serviette-éponge. Ces faux pauvres sont ainsi. Le confort d'une paie régulière les rend arrogants.

Son fils ne vient plus le voir. Son fils unique. L'ingrat. Il n'a pas le temps, il fait des affaires et il voyage. C'est pourtant pour ce fils qu'il a immolé l'enfance de cet enfant. Pour le venger de l'oncle du petit garçon qui avait été son supérieur dans une entreprise brinquebalante, l'avait limogé malproprement sur un opaque désaccord et s'était répandu en ville sur sa soi-disant incompétence et sa prétendue vanité. Rivalité d'ambitieux !

Depuis quelques jours, de la musique tourne en boucle et en sourdine. Sourdine ? le son est amorti, mais on sent bien que ça joue fort de là où ça joue. Une orgie de bossa nova relayée par de l'afrobeat et quelque chose qui ressemble à du punk rock. Il croit parfois entendre du rap. Ce braillard de MC Solaar que tous les pisseux essaient de contrefaire. Il ne sait pas si ça vient du rez-de-chaussée ou de chez le voisin. Est-ce Élyse qui déjà s'encanaille, ou est-ce le voisin qui le nargue ? Ce voisin, un enquiquineur, rancunier, fruste rustre, toujours prompt à la querelle pour des futilités de bougainvillées qui courent par-delà la barrière et qu'il faudrait soi-disant tailler plus régulièrement ! Au lieu de dire merci pour les fleurs et leur parfum ! Ce tapage musical a des allures de beuverie et des odeurs de stupre. Ça le fait fulminer sur place. Une qualité de fulmination aphasique.

***

Il a longtemps convoité une Légion d'honneur. Il a mis du temps à comprendre qu'ils s'honoraient eux-mêmes, entre gens qui se ressemblent, et ne distinguaient les ressortissants locaux que très épisodiquement. Dans son propre milieu, il y a tellement de ses collègues qui, comme lui, font un travail admirable, y compris des femmes, il faut dire qu'elles sont très majoritaires dans le métier. Il a fini par comprendre, ou disons en déduire, que c'est de leur faute, les locaux : ils n'ont pas d'entregent, ils ne mobilisent aucun réseau, se contentent d'être exemplaires et s'imaginent que quelqu'un, une catégorie de sommité presque abstraite, va regarder tout ça impartialement, se rendre compte de leur bonne moralité et de leurs hauts faits, et les proposer à la Légion d'honneur ou à l'ordre du Mérite. Comme ça ! Et c'est ainsi que, patients et passifs, année après année, ils restent sur le carreau à observer des promotions de fonctionnaires de passage. Ou d'entrepreneurs. Ou d'honoraires de quelque chose, consulat, club service, fondation. Décorés en grande pompe. Qu'ont-ils fait de remarquable ? Les discours lors des cérémonies de remise de médailles alignent des platitudes, au mieux un travail consciencieux, souvent une enfilade de clichés agrémentés d'anecdotes, rien qui motive une récompense. Aucun exploit aucune prouesse, pas d'invention, pas de bienfait. Son dégoût n'est pas que de l'amertume. Tandis que lui et d'autres seigneurs sans fief se morfondent, les sélectionnés, eux, ont bien leur rosette.

***

Durant un plein mois, il s'est délecté de voir avec quelle vivacité et quelle avidité cet enfant rejoignait ses anciens camarades dans la cour de récréation. Il semblait capable de tout endurer, tant qu'on lui laissait cette joie, un feu d'artifice de retrouvailles à chaque milieu de matinée. Il retrouvait un copain en particulier. Ils rayonnaient tous deux, tellement ravis de se revoir, comme si ce moment seul justifiait ce, en reste, que convoie l'école. À quoi tient le bonheur d'un enfant ?!

Et puis il y eut ce matin. Il savait que c'était le dernier jour de l'enfant dans l'école. La maman était venue le voir. Elle ne comprenait pas ce que son fils, avec ses résultats scolaires de l'année précédente, deuxième au classement, tableau d'honneur et autres babioles, faisait dans cette classe avec des enfants en insertion, en retard d'apprentissage, en initiation à la langue officielle. Le maître lui avait paraît-il fait part de son embarras et de ses difficultés à occuper son fils, compte tenu du programme spécial qu'il devait suivre avec ses élèves. Alors, il invitait ce petit alien malgré lui à dessiner ou à s'occuper dans le coin bibliothèque de la salle de classe. Elle avait donc requis un entretien avec le directeur. Il avait pris son air de sphynx et lui avait répondu que les classes étaient déjà composées et qu'il n'y pouvait plus rien, qu'elle aurait dû venir le voir avant la rentrée et qu'il n'allait pas maintenant enlever un enfant de la classe pour y mettre son fils. Dans un flot glacial, elle lui avait répondu qu'elle n'avait aucune raison de venir le voir avant la rentrée, considérant que l'école publique républicaine n'est pas un lieu de passe-droits, que la maîtresse avait dit lors de la dernière réunion avec les parents l'an passé qu'elle « montait » avec toute sa classe, et pourquoi son fils est-il seul exclu de cette classe, et elle ne souhaite surtout pas qu'on inflige à un autre enfant ce que subit son fils et elle veut simplement que son enfant rejoigne ses camarades dans la classe de leur maîtresse commune. La vertu offensée ! Il lui avait répliqué qu'il ne pouvait ajouter un enfant à une classe de vingt-huit élèves et qu'elle n'avait qu'à s'en prendre au rectorat concernant les effectifs.

Elle était revenue deux jours plus tard, à l'heure de la cantine. Elle avait réclamé le livret scolaire. Il lui avait demandé quelle école s'apprêtait à accueillir un enfant plus d'un mois après la rentrée. Il se souvient de la panique qui lui avait noué l'estomac. Elle avait refusé de répondre et de donner le nom du directeur. Il en fut d'abord interloqué, il en a été un bref instant tétanisé. Rien ne compte plus, dans ce milieu professionnel, que l'estime de ses pairs. Il ne lui avait pas remis le livret.

La sonnerie a retenti. Il jette un regard panoramique sur la cour. Il sait que l'enfant ne sera plus là le lendemain. Tout suggère que l'enfant le sait aussi. Il la voit de loin, cette minuscule perle de larme dans son œil. Comme s'il réussissait à garder l'autre œil sec et que cette gouttelette s'était échappée pour trahir sa tristesse. Et la signaler à quelque puissance du cosmos. Sourde et vaine.

***

Son dernier cauchemar. Une pluie de pisse de chauves-souris et de pians s'abat sur lui. Il court à perdre souffle en quête d'un abri. Plus il court plus le paysage autour de lui reste immobile, et la cabane qu'il repère au loin devient de plus en plus floue. À l'entrée, un amas d'une matière compacte ressemble à une pâte verdâtre et putrescente moulée en forme de cône. Il croit entendre un ricanement de bousier rouge. L'odeur, pestilentielle, insupportable, le réveille. Il venait d'apercevoir des corbeaux tournoyant sous les nuages dans un ballet macabre et réjoui. Charognards oiseaux de malheur. Il est imbibé de sueur. Ses draps sont trempés. Il tremble de froid. Il préfère s'y affaisser plutôt que de sonner et d'affronter encore cet éclair de désolation faussement compatissante dans le regard d'Élyse.

***

Pendant plusieurs années, il a guetté de mauvaises nouvelles concernant cet enfant. Longtemps il a espéré que cette mesquinerie l'avait lesté à vie et de façon spectaculaire. Qu'elle avait pulvérisé une belle destinée, promise et fantasmée par l'enseignante, comme c'est souvent le cas avec ces maîtresses de classes élémentaires. Personne ne lui a jamais dit que cet enfant ne s'est pas consolé d'avoir été séparé de son premier meilleur ami, sans saisir alors ni l'origine ni le sens de cette injustice. Qu'il a vacillé plusieurs années, ayant pris en aversion tout ce qui ressemble de près ou de loin à ceux qui font tourner l'école et son manège. Qu'il a eu peur de nouer de nouvelles amitiés et, pour s'en préserver, s'est recroquevillé en porc-épic. Puis il s'est ressaisi. Sans renoncer à sa passion pour les sciences, il a choisi d'être là où il pourrait rassurer et préserver des enfants. Il s'est mis à rêver qu'il pourrait protéger de jeunes pousses, qu'elles soient candides et hardies, qu'elles soient fragiles et inquiètes. Il s'est promis d'être là pour tordre la méchanceté chafouine qui les désarme, pour les accompagner face aux vicissitudes de la vie qui les enforcit. Il s'est pris à imaginer qu'il pourrait les révéler à eux-mêmes. Donner à chaque enfant sa chance. Confiance en soi. Il s'est dit que l'école pourrait être un endroit qui abrite, exige et stimule. Une résidence où farandolent le savoir et la réflexion et l'inventivité et le sens de la civilité et le goût pour la beauté et l'appétence pour les connaissances. Une cabane où on partage ses joies et ses curiosités, ses peines et ses anxiétés. Une grotte d'initiation où on apprend à désappartenir puis réappartenir pour appartenir largement. C'est ce qu'il veut faire. C'est ce qu'il fait. Ce qu'il veut être. Directeur d'école.

***

Il tressaille. Un soubresaut. Ses jambes bougent en saccade. Il est secoué, il attrape la barre du lit et s'y cramponne comme pour résister au roulis d'une tapouille. Une cascade de cahots. Des convulsions. Un sursaut. Il expire une haleine faisandée. Soudain, une secousse électrique le traverse en diagonale. Il ne sait d'où elle vient. Elle est sournoise. Une insulte inutile, il n'est plus en état de protester. Ses yeux se dilatent de frousse. Il rote. Il régurgite. Il pète. Il trépasse dans un cri qui ne sort pas, sa bouche tordue n'exhalant qu'une vapeur frelatée.

Inès, l'inconnu radieux

Cher Ossip, mon doux compère,

Je t'écris pour prendre mon temps. Ce serait un lieu commun de dire que l'époque bouffe le temps. Tout va vite et nous avons renoncé au lyrisme. Donc, je casse. Ils ont remplacé les facteurs et les factrices. Remplacé... ? tu as vu tous ces pauvres hères qui sillonnent les rues par toutes saisons, décrépissent dans des bureaux gris au treizième étage, souffrent, alertent, n'en peuvent plus et se suicident ? Ça doit pas être grave, puisque les super chefs continuent leur douce vie et leurs dégâts. La justice a dit : y a rien à punir. Parfois, simplement, les chefs vont pantoufler ailleurs, et pas sur la pointe des pieds, avec grasses indemnités. Ce n'est pas le genre de choses, vie douce, pantoufle et dégâts sans peine ni peine, qui arriveraient à Foued, vingt-deux ans, quatre ans et trois mois de détention pour rien.

Ça sonne titre de film, n'est-ce pas ? *Moi, Christiane F., treize ans, droguée, prostituée*. Les deux histoires sont vraies. Celle de Foued, ce n'est pas un film et ça se passe il n'y a pas des calendes. Lui-même, aussi ! Faut pas agacer l'adversité ! Tu as un nom pareil, et le faciès qui va avec, et tu as l'idée – non, mais franchement ! – tu as l'idée, pour rentrer chez toi, de passer pas loin de Viry-Châtillon, peu après un caillassage de policiers ! Et tu croyais quoi ? que l'enquête policière allait t'innocenter, sous prétexte que tu es innocent ? Non, mais, tu prends les enquêtes policières pour un film américain, tu crois que c'est *Douze Hommes en colère*, ou *Les Sentiers de la gloire* ? Et encore, je ne parle pas des trucs esthétiques japonais de la classe de Rashômon. Dans tout ça, on cherche la vérité. Tu ferais mieux de t'inspirer *Des hommes d'honneur*, pour comprendre comment l'institution soutient l'institution. *A Few Good Men*, ils ont titré leur film. Non, non, non, je n'endure pas d'entendre répéter bêtement que ça se passe au large là-bas chez les Yankees. Parfois, souvent, regarder au loin, ça dégage de la lumière sur ce qui se déroule tout près. Sans compter cette manie nouvelle d'imiter ce qui se fait aux Younaïtidstéts avec quatre ou cinq années de retard. Imiter, façon de dire. Il y a l'inimitable. Tu vois, ils ont fait presque plus fort que *Des hommes d'honneur*, vu l'inflammabilité du sujet : *Désigné coupable. The Mauritanian*, pour leur titre. Par périodes, ils mènent leurs croisades contre la raison d'État qui, quinze fois sur dix, est un abus d'État. C'était déjà à Guantánamo. C'est assez déconcertant. Après tout ce qu'ils ont infligé aux Amérindiens qu'ils ont massacrés et dépossédés, puis aux Africains qu'ils ont capturés avant de les transporter pour les réduire en esclavage, après cette idée délirante d'emprisonner les Nippo-Américains pour les punir de Pearl Harbor, après leurs obsessions anticommunistes aussi, et le Maccarthysme, et les basses œuvres du FBI, et les assassinats par la CIA, et les asphyxies racistes sur voie publique et j'en passe, à tous moments, dans ces Younaïtidstéts, il pousse des gens, plusieurs au même moment, qui se mettent à croire au mâchouillis de mots emberlificotés dans leur Constitution, et qui envoient valdinguer leur hiérarchie, risquent leur carrière, leur réputation, leur confort pour caler leur conscience avec cette Constitution. T'as des avocats, encore là, on est habitués, les mots ampoulés, c'est leur empire, surtout les avocates. Et puis, t'as toujours, et sans rire, un mi-haut-gradé militaire qui croit dur comme le titane à la vérité et à la justice. C'est bien, n'empêche, qu'il y ait encore des gens comme ça. Surtout qu'après, il s'en trouve encore assez pour s'acoquiner ensemble et faire un film. Prévisiblement, ces films dégorgent une tripotée de bravades et de larmes et de musique d'organiste, mais c'est chouette que les mots jolis comme liberté et justice restent aussi enivrants. Ça va, ça va ! Je sais, je musarde. Si ça peut te faire plaisir, on va retraverser l'Atlantique, revenir à la délinquance plus coutumière et sans panache et mentionner *Garde à vue*. Ça se passe plus près. Mais ça ne vaut pas : le suspect est un notable. En général, ces gens-là se tirent mieux d'affaire.

***

Assez oh ! tu sais parfaitement que mon « tu » est un « tu » général, un « tu » de conversation. Oui mon cher, c'est bien ça, on est encore en train de traîner dans la digression. D'accord, d'accord, c'est moi qui digresse et qui traîne. Tu ne pourras nier, cependant, que mes détours ont toujours un rapport direct. Tu as vu le ramdam qu'ils font pour cette affaire de chemise déchirée d'un super cadre de grosse société qui essayait d'échapper à une réunion avec les syndicats, sous prétexte que les porte-parole s'échauffaient ? Monsieur le cadre supérieur CSP + veut du calme, de la politesse, de la convenance, de la bonhomie peut-être, des formules et, pourquoi pas, des courbettes. L'angoisse des fins de mois, la détresse, les privations, ce n'est pas une excuse pour devenir enragés. Puisque c'est ainsi, monsieur le CSP + s'en va ! Quoi ?! Un éclair. Les regards se figent et se glacent, les genoux se déplient, les corps s'élancent, les bras se tendent... C'est un ballet sans maître de ballet. Le tempo vient du profond, là où l'humiliation heurte l'amour-propre et se braque. Il sait tout ça, le CSP + ? Sûrement pas. Personne ne lui a jamais expliqué. Alors, il s'en va. Et soudain, les bras se tendent... Débraillé pour l'obliger à rester. La jolie chemise griffée, un petit peu déchiquetée, la cravate de soie, de traviole, la morgue transformée en frousse. Ô scandale ! ô crime ! l'affront ! Non, je n'étais pas là et je ne te raconte pas un film mais j'ai vu des reportages et j'ai entendu des commentaires. Tu vois, ça m'a évoqué un roman de Zola, je ne me rappelle plus lequel, ce doit être *Germinal*, la scène à laquelle je pense est peu probable dans *L'Assommoir*... tu sais, ce vieux débris relégué dans le coin d'une cabane toute dégueulasse. Tu te souviens du baraquement crado, pisseux et poisseux du film de Scola, *Affreux, sales et méchants* ? Même promiscuité. Comme si Scola mettait Zola en images. Le gars de Zola, il est perclus, gâteux, dégénéré, infoutu de faire une phrase, tiens : aphasique, je crois que c'est le mot qui le définit dans le roman. Il est dans un coin, personne ne s'occupe de lui, les patrons plastronnent dans la cabane miteuse avec des allures de dame patronnesse et de baron bienfaiteur, et leur sotte de fille sapée comme une catin de la haute qui ne trouve rien de mieux à faire, avec ses airs ingénus, que de s'approcher de l'aphasique, tu dirais pour voir de plus près ce déchet humain. La pauvre ! il lui fait payer toutes les vexations et les injustices des possédants. C'est effrayant, la démence ! Elle te fout des messages brutaux ! Bon, mes souvenirs sont un peu chancelants, mais en substance, c'est bien ça. Y a un moment où la rage de classe, la fureur des frustrations, le trop-plein de blessures déboulent tel un typhon. Ça dévaste. Dans la littérature, ça peut finir en meurtre pour que le message soit bien clair, bien net. Dans la vraie vie, une chemise chic un peu déchirée, ça fait symbolique aussi. Sans grand danger. La chemise du CSP + à peine lacérée, un petit peu labourée, c'est tout... ça se remplace ! Ça ne les empêche pas de crier au loup au loup ! anmwé anmwé ! C'est leur astuce et leur force : l'indignation ! L'ordre, c'est l'ordre ! Ils le savent bien : si tu ébrèches une brique, tu menaces l'édifice.

***

Donc, je reviens à mon sujet. Ceci étant, je suis bien restée dans la forme, à défaut d'être déjà dans le sujet. Car, mon cher, je t'écris d'abord pour folâtrer.

Inutile de me dire que tu ne comprends rien à ce que je radote, que je me laisse encore aller aux divagations de ma pensée à tiroirs, etc. Je doute que tout cela t'échappe. Mais je ne t'écris pas juste pour distiller ce que, dans le passé, tu appelais ma morale à la gomme. Tu te souviens ? « Parler sans combattre, pontifiais-tu, c'est moraliser à la gomme. » Je n'ai jamais su s'il s'agissait de la gomme qui efface ou de la gomme qui colle. Pour être honnête, ça a toujours été le cadet de mes soucis, pour répliquer avec une formule aussi neuneu que la tienne. Si on ne laissait parler que ceux qui se battent... passons ! mais j'en conviens : selon mon habitude, ma parole commence à divaguer dans tous les sens. Et formules idiotes pour formules idiotes, revenons à nos moutons. Je te disais donc que je t'écrivais pour prendre mon temps. Je me cabre autant que je peux. Plus ça va, moins je m'accommode de la rapidité des choses. Je suis de plus en plus exaspérée par ces lettres sur fond d'écran, sans que tu aies à choisir la couleur de ton papier, un fond bleu ciel ou terre de Sienne, un blanc cassé ou un léger marron orangé, avec selon tes goûts, un dessin incrusté en haut de page à gauche ou des motifs tapissant le fond de feuille, bref, un bloc de papier à lettres que tu ranges bien soigneusement dans le premier tiroir de ton bureau. Maintenant, tu rédiges en caractères d'imprimerie, tout ressemble à tout, tu n'as pas besoin d'attendre que l'encre sèche, tu viens tout juste d'écrire le dernier mot que ta lettre, qui n'a rien d'une épître, est déjà arrivée chez son destinataire. Pas la fantaisie de baguenauder et se charger d'embruns, de musc, de sable, de rosée, de vapeur, d'humus et d'humeurs en voyageant au-dessus des terres, des mers et des déserts. Ils nous volent tout lyrisme. Tu ne peux plus chercher fébrilement ton timbre-poste, le lécher tout en imaginant les pires choses sur où et comment ils ont péché les poissons avec lesquels ils ont fabriqué la colle, fini de te faire un film sur à quelle heure a lieu la levée du courrier, combien d'escales va faire la lettre, quand est-elle susceptible d'arriver, pourvu que ce ne soit pas au milieu d'une grève de postiers, pas tant pour le retard que pour le risque de perte, et puis zut, tu réalises que tu aurais dû penser à en faire une copie, et tu t'en veux pour cette étourderie, etc. Rien de tout ça avec les mails. Tu n'écris pas, tu tapes. Aussitôt cliqué, aussitôt arrivé. Pour les choses réellement urgentes, je ne dis pas. On n'est pas obligés de revenir à l'âge de Latécoère et Saint-Exupéry. Mais pour une lettre où tu veux simplement prendre des nouvelles et en donner, cette rapidité, c'est nullissime.

Surtout si on écrit à quelqu'un qui s'est délibérément retiré ! De quoi t'es-tu retiré, d'ailleurs, cher Ossip ? Ne me fais pas ton numéro de misanthrope à deux sous, que tu te retires du brouhaha du monde, que tu fuis la frénésie des hommes, que tu ne supportes plus leur insoutenable légèreté, que tu quittes le bruit et la fureur, et je ne sais quel autre délire diabolique. Tu n'as pas manqué d'observer l'ironie de mon en-tête : *mon doux compère* ! Aucune intention de t'amadouer, mission impossible. Plutôt une gentille et enjôleuse attention.

***

Il m'arrive de prendre des nouvelles du pays où tu joues à l'ermite. J'ai vu que vous aviez envoyé des équipes pour aider à secourir les enfants coincés dans cette grotte inondée. Vous avez bien fait. Je ne sais si c'est par excès de romantisme, mais j'aime ces histoires qui mêlent le hasard avec des croyances enfouies. Je n'étais pas la seule à frémir avec excitation en admirant les performances de toutes ces équipes de sauvetage et de soin, en traquant des clins d'œil du destin. Tous ces gens-là, ça faisait comment pour se comprendre ? Des gestes, des regards, des sons ? C'est ça une tour de Babel, non ? Pas une qui désoriente et fourvoie et abuse et embrouille. Puis s'écroule. Plutôt le modèle Babel la plurielle où fraternité et courage sont langage universel ! Tu entends en fond sonore *When the Saints Go Marching In* ? Ou *Roll On*, version Tina Turner !!! Ou moins malicieusement, le *Choral du veilleur* de Bach ? Hihihi tu découvres mes talents mystiques et allégoriques ! Ils étaient treize. Douze avec leur entraîneur. Douze gamins suggérant douze apôtres dans ce pays du bouddhisme. Évidemment, les gens sans poésie ont dit : oh ! douze, ben n'importe quelle équipe de foot avec son remplaçant ! Les prosaïques contre les poétiques. Je préfère les derniers. Ça colle mieux avec cette humanité qui vibrait à l'unisson, dans une peur généreuse, une angoisse transcendante, une inquiétude de transes. J'ai suivi cette histoire tous les jours, pendant plusieurs heures, moi qui ne regarde jamais ni séries ni films, et quasiment jamais la télé. Ils ont dit une fois qu'il y avait quatre kilomètres à parcourir pour atteindre la sortie. Une après-midi, pour couper le stress et par solidarité – je sais, à distance et sans frais, c'est pathétique et dérisoire et inutile, c'est mieux malgré tout que l'insensibilité – j'ai donc décidé cette après-midi-là de marcher en mesurant quatre kilomètres. C'est énorme pour ces gosses. Et pourtant, c'est rien ! J'ai été stupéfiée en constatant que chaque jour je parcours le double de cette distance, juste pour me maintenir en forme, pour me réjouir les yeux, les narines, la peau, les oreilles et l'âme, de paysages, de bruits, de parfums indéfinissables, de disputes d'oiseaux, de fuites de lézards, de soudaines enjambées de routes par des chats, de nids de guêpes sur des poutres, de ces colonnes de fourmis rouges qui osent déambuler le long de lianes ayahuasca. Ça m'a fait un peu bizarre. J'ai eu l'impression d'avoir cramé mon effort, en dépit de ma bonne volonté. Qu'offrir pour empêcher que s'accomplisse le sort funeste implacablement promis à ces enfants ? J'ai fait une nouvelle tentative. Avant qu'on les repère, ils sont restés plusieurs jours à jeun. Alors, j'ai jeûné. Sans prétention. Je ne dirai pas que c'est ma part de sacrifice, je savais bien que je ne pouvais rien faire d'où j'étais. C'était ma part d'expérience commune. Je me demandais comment entrer dans cette expérience humaine collective. Comment exprimer ma gratitude pour l'émotion qu'ils m'ont offerte. Car j'ai pleuré la nuit le jour, j'ai prié, ouais, moi ! j'ai prié ! sais plus quel dieu, mais j'ai prié. J'ai dû les invoquer tous, en majuscule et en minuscule, les grandioses, les jaloux, les frivoles, les hégémoniques, les grégaires, les miséricordieux, les incléments, les cruels. Les indulgents et les bienfaisants aussi, moins nombreux. C'est ça, je les ai tous appelés à la rescousse. Je ne sais plus combien ça a duré. Et ce nombre treize, il met tout le monde d'accord. Tous les fanatiques de nombres, optimistes ou pessimistes. Je ne me rappelle plus le nom de ce saxophoniste qui devait enregistrer avec un quartet ou un quintet, j'hésite n'était-ce pas celui de Miles Davis, quartet ou quintet ou sextet, Miles avait aussi un nonette à une période… N'empêche, tout le monde attend au studio d'enregistrement et ce musicien ne se pointe pas. Le boss l'appelle, Miles ou un autre. L'engueule façon carabinée. Et alors ? « J'ai vu le calendrier, aujourd'hui c'est vendredi 13, je ne peux pas sortir de chez moi, il va m'arriver malheur », se met-il à geindre. « Eh ben le malheur, le voilà : *you're fired* ! » Licencié sur-le-champ ! Authentique, je t'assure ! Le nom de ce musicien va me revenir. Un jazzman fameux, qui se conduit tu dirais un zozo ! C'est impressionnant, cette crédulité qui transforme à ce point des gens normaux. Avec le chiffre treize, il y en a pour tous les goûts. Pour les croyants qui ne se lassent pas de revivre la Cène, qu'ils n'ont jamais vue. Pour les superstitieux qui paniquent. Pour les fétichistes qui parient leurs derniers deniers. Pour les crédules qui croient qu'ils vont guérir des écrouelles. C'est une maladie pour de vrai. Je crois que ça s'appelle triskaïdékaphobie. Joli nom ! Faut être déjà un peu siphonné rien que pour le retenir.

***

Ce feuilleton oppressant des enfants dans la grotte inondée m'a rappelé le calvaire de la petite Omayra Sánchez. Son agonie. Je n'ai jamais oublié ni son nom ni son visage ni son courage. J'en ai pleuré pendant un mois entier. Ce sont des feuilles de mélisse et corossol et quelques gouttes d'eau des Carmes qui m'ont rendu le sommeil. C'était le sale coup d'un volcan. Nevado del Ruiz. Un 13 novembre. OK, pour le volcan. Mais le reste ? les moyens de sauvetage, les équipes de secours, les efforts des autorités ? Et surtout avant : l'ordre d'évacuation. Qui devait le donner, et surtout l'organiser ? Un volcan, ça gronde avant d'cracher. Celui-ci surplombait un village pauvre et isolé. C'est souvent le cas. À part peut-être le Vésuve et Pompéi, mais ça, ça remonte. Il est vrai que la montagne Pelée a dévasté Saint-Pierre, la ville la plus cossue de Martinique au début du siècle dernier. N'en déplaise, ces cas, c'est plus l'exception que la règle, surtout de nos jours. Quelles auraient été les chances de cette enfant, si seulement… hein ? Quelle est la part de la pauvreté dans cette tragédie ? Et celle de l'indifférence du monde ? Pas sur le moment, pas sur l'émotion, on a déjà vu pleurer des monstres en pareils cas. Je parle de l'indifférence dans tous ces avants qui font qu'au jour du drame, une semonce de la nature dégénère en froide et inflexible catastrophe frappant aveuglément, forcément les plus démunis. Qui répond de cette indifférence du monde, de sa complaisance, sa complicité, sa cécité volontaire devant la pauvreté qui s'étend, ses arrangements avec des pouvoirs corrompus ou inaptes, ses hypocrisies qu'aucun torrent de larmes de crocodile à l'heure du malheur ne saurait absoudre ? En t'écrivant, je revois très clairement et très précisément le visage de la petite Omayra. Il règne dans un coin de mes yeux. Et je n'ose pas lui demander pardon. D'une façon ou d'une autre j'ai ma part dans ce bordel de putain de monde de merde.

Je vais t'avouer quelque chose que j'ai toujours gardé au fond de moi. Après qu'Omayra s'est battue en vain contre la mort – je devrais dire contre le meurtre, voire son assassinat – chaque fois que je passais devant un collège et que je voyais ces gamines et ces gamins désinvoltes, se chamaillant, faisant les marioles, ricanant à gorge haute, traversant la rue n'importe où n'importe comment, frimeurs et aguicheuses, je crevais d'envie de leur distribuer des baffes. Je les crucifiais du regard. Et toi, t'as une idée de ce que tu veux faire dans ta vie ? Tu sais qu'Omayra voulait être architecte ? Et toi là, si ça se trouve tu t'es ramassé un zéro ce matin en dessin ou en maths. Alors que ça devait être ses matières préférées. J'ai mis des années avant de redevenir normale. Et recommencer à regarder ces gosses avec tendresse. Avec une gratitude humide pour leur insouciance naturelle.

***

Mais je te raconte là des histoires vraiment tristes. D'un autre côté, ça fait partie des choses les plus douloureuses, les plus écrasantes, les plus culpabilisantes et pourtant les plus sensées aussi que j'aie vécues. J'allais presque écrire les plus édifiantes. Ce sont les émotions les plus affûtées qu'il m'ait été donné d'éprouver. Elles m'ont retournée avec la vigueur et la douceur qu'on met à bêcher la terre grasse pour l'aérer et la rendre à elle-même. C'est paradoxal et c'est absurde, mais je leur suis reconnaissante.

***

Il est temps que je te donne des nouvelles de ton copain Allen, mon époux mon ami mon amant mon homme. Ce qui ne me conduit pas, pour autant, dans un épisode plus gai. Il a commencé à perdre la tête. De façon déroutante, car ce fut silencieux. Sournois. Il s'est mis à pisser dans mes pots de fleurs. J'ai cru d'abord que c'était pour me contrarier. Tu te souviens comme il était rancuneux ? Ouais, il était rancunier aussi, mais il était rancuneux. Il pouvait détester à mort quelqu'un qui ne lui avait strictement rien fait personnellement et mettre une énergie folle à nuire à ce coupable ignorant de sa propre condition. Rappelle-toi ce prof plus feignant qu'un pou boiteux qui s'était lancé en politique pour se garantir de ses turpitudes, retards, absences, échecs des élèves. Allen le détestait à en devenir laid chaque fois qu'il prononçait son nom. Qu'est-ce qu'il n'a pas dit sur l'abruti ! J'avoue que je n'aimais pas non plus ce gars. Peu m'importe que quelqu'un essaie d'escroquer plus fort ou plus riche que lui, et fous-moi la paix avec la morale, les plus forts savent se défendre, t'as qu'à essayer de roubler une banque ou une grosse entreprise, pas besoin de morale pour rétablir les intérêts et profits, tu verras cabinet de contentieux, huissier, saisie, procès, t'inquiète, tout va rentrer dans l'ordre. Le monde roule pour les puissants, sans remords ni faux-semblant, c'est juste étonnant qu'il soit si calme. Mais ce n'est pas le sujet. Ce que je n'aimais pas non plus chez ce prof, et qui rendait Allen épileptiquement fou, c'était ce je-m'en-foutisme, qui n'avait pas l'air de perturber l'administration. Et qui c'est qui trinquait ? Les gosses évidemment. Ceux dont les parents ne savent que se laisser faire. Encore, là, il avait un motif pour s'irriter. Mais je ne sais pas si tu sais comment il a persécuté sa première épouse, Sophia, en s'éreintant lui-même rien que pour l'emmerder et la dépouiller du peu ou moins peu qu'elle avait accumulé. Au point que j'en avais fait ma meilleure amie. Je jouais avec le feu en lui parlant parfois des défauts de notre homme pluriel tant celui qu'elle avait connu semblait aux antipodes de celui qui partageait ma vie. Vous n'imaginez pas le plaisir que nous procure de disséquer vos défauts et vos vices lorsque nous sommes entre femmes. C'est notre aliénation, notre dépendance masochiste, notre revanche confuse et confite, notre consolation aigre et notre joie affligée. La preuve que, malgré nos bravades, nous sommes encore bien inféodées. Nos bruyantes professions d'indépendance ? De la jactance ! Je jouais ainsi avec Sophia et quelques fois, je sentais la chaleur d'un feu frôlé. On ne s'est jamais brûlées, notre amitié y survivait. Jusqu'au jour où elle a décidé de se retraiter dans un couvent. J'ai été incapable de répondre à sa première lettre de nonne séculière. Je suis absolument inapte à comprendre qu'une jolie femme, avec du caractère, qui plus est instruite, ayant voyagé et financièrement autonome, s'enferme de son plein gré et renonce au regard, aux mains et au corps des hommes. La religion est prédatrice, non ? Elle bouffe jusque dans ses abords. Diacres, diaconesses, clercs de toutes sortes, elle n'attend pas des vocations soufflées sur la montagne. Elle dévore tout, servants d'autel, choristes, sacristains, en plus elle leur donne des noms de sacripants : encore cérémoniaire, ça va, mais thuriféraire, acolyte, cruciféraire… tu te vois arriver devant saint Pierre et lui raconter que tu étais acolyte sur Terre ?! Je ne sais quel titre exact mon amie a pris ou reçu. Nos relations se sont dissipées sans bruit.

Mais revenons à Allen. Donc il s'est mis à pisser dans mes pots de fleurs. Un jour, deux jours, toute la semaine. Je me suis dit, c'est vraiment un truc qu'il a avec moi. Il vient toujours un âge où on ressasse, où on se venge, y compris de ce qu'on avait soi-disant pardonné, une infidélité bêtement avouée, une parole déplacée et stupide, une négligence calamiteuse, que sais-je ? ça aurait pu être son genre… l'âge, l'ennui, les déceptions, il faut dire que les années qui passent sont sans raison ni chanson. Mais voyant qu'il ne manifestait aucun autre signe d'aversion, j'ai pensé que c'était par paresse, pour ne pas aller jusqu'aux toilettes.

Ensuite, j'ai observé qu'il faisait des cercles avant de larguer son jet, puis qu'il se limitait à trois pots. Lesquels, à ton avis ? Un heliconia bihai ! Va savoir pourquoi ! ses couleurs chatoyantes ? ses pétales en forme de vulve ? Je n'en déduis rien, je n'en sais rien. Le deuxième pot arrosé contient un ficus ginseng. Faut être sonné, un peu, non, pour s'attaquer à un ficus ? quel qu'il soit ! Le troisième pot condamné à sa pluie d'ammoniac abrite une orchidée rude et vaniteuse, une sobralia, de celles que les Amérindiens appellent pénis de caïman. C'est une vieille connaissance, un peu canaille, qui a tendance à confondre trivialité et humour, qui me l'avait offerte à l'occasion d'une fête de grand-mère, un de ces dimanches mercantiles qui ravissent les crétins. Depuis quelques jours, mon homme les inonde copieusement, comme si un fond de méchanceté enfoui profondément, étranglé par politesse ou par lâcheté, crépitait soudain et larguait les amarres, dans une espèce de décharge rageuse. Et tu sais quand je me suis mise à m'inquiéter ? C'était un début d'après-midi, tu vois cet instant de torpeur qui précède une fraîcheur d'alizé. Il traînassait sur la véranda, le bas nu, le torse recouvert d'un gilet disgracieux. Je l'aperçois de dos, bougeant soudain la tête à une cadence soutenue, donnant l'impression qu'il arbitre un concours de percussion entre Naná Vasconcelos et Max Roach. Je m'approche, sans faire de bruit mais sans intention de le surprendre, c'est juste que je portais des babouches. Et tiens-toi : la cadence s'accélère, des vibrations dorsales, des secousses bien saccadées, je raisonne, la chose est évidente : Max Roach est en train de l'emporter. Oh oh pas pour longtemps, ça ne dure pas. Une poignée de secondes. Je calcule, ma foi il n'y a que Tony Allen qui aurait pu faire Max Roach tirer la langue plus sérieusement. J'imaginais tellement le concours que je m'étais mise à swinguer. Mais voilà, je te dis, une poignée de secondes, le concours semble déjà terminé. J'en suis interloquée, bon, ce fut preste, et je m'attends à le voir lever les bras pour proclamer la victoire du mari d'Abbey Lincoln en imitant les arbitres sur les rings. Ben non ! Son dos s'arrondit, je crois d'abord qu'il va s'effondrer. Ses épaules s'affaissent. Au lieu d'un cri de victoire, j'entends une espèce de râle. Un soupir rauque vrombit de ses oreilles faute de trouver le chemin de sa bouche. Sa main gauche se relâche. Mon homme venait de jouir. Ouais, mon vieux, il se masturbait. Pourtant, il reste en pleine forme, aussi musculeux que tu l'as connu, jambes et cuisses galbées presque plus que celles de Joe Louis, le poitrail ferme et discrètement poilu. Viril, quoi. Et le gars se masturbe ! Avec moi dans la maison ! tu te rends compte ! Et moi, pas décatie ! je veux dire combien de mecs seraient prêts à immoler la moitié de leurs orteils pour m'avoir dans leur lit ?! Je te vois éclater de rire. Moi aussi, je suis pliée ! N'empêche que j'ai encore de beaux restes. Bien que ce ne soit pas l'essentiel ! Je sais être douce et aguicheuse, je sais surtout combiner les exploits physiques raisonnables avec la langueur qui nous maintient dans l'acte de partage. Classe. Pour moi, faire l'amour, ce n'est pas un exercice de défoulement ou d'arrosage. C'est autant l'affaire du gymnaste que celle du poète. C'est le royaume de la langue. Ce n'est pas que mouvements et fluides. Non ! Il faut les mots et les soupirs. Il faut les images que les souvenirs caressent et promènent. Une plongée dans l'ivresse sans perdre sa grâce. Tendresse sinon rien.

***

Bien sûr, je ne t'aurais pas raconté ces choses s'il avait repris ses esprits. Déjà, depuis que tu t'es exilé, lui devenu si farouchement sédentaire, vous n'aviez plus aucune chance tous les deux de vous croiser. Il ne risquait pas d'être intrigué par un éclair caustique dans ton regard. Tu ferais bien de ne pas trop prendre des airs réprobateurs. Je te visualise essayant de t'offusquer, mais t'esclaffant avec ce frisson de remords que je connais bien, qui gondole à la gorge quand on ne peut s'empêcher de se moquer alors qu'on sent bien que ce rire, en soi, est un rire méchant. Ce n'est pas notre faute si nos réflexes sont impitoyables. Je dis ça sérieusement. Il y a longtemps que j'ai compris que ce qui peut paraître très automatique n'est pas que mécanique, il y a toujours une explication. La vieillesse est sacrément scélérate. Tu vois, c'est elle qui venge de tous les péchés d'orgueil. L'homme peut faire tonner le canon, il peut détrousser les femmes en ricanant, il peut parader sur la Lune ou sur Mars, il peut inventer un bouton ordinaire pour déclencher la guerre nucléaire, il l'ignore, mais une garce l'attend au tournant. Je sais je sais, vous n'êtes pas tous au régime impunité. Pas tous égal-égaux devant l'usure. Remarque, ceux qui font ces choses-là, sais pas pourquoi, on dirait qu'à la longue, ils finissent par se ressembler. Même aplomb, mêmes bajoues, même air ahuri devant toute contestation. Ils ont tendance à croire naturelle, divine quoi, leur domination. La controverse, la subversion, la rébellion leur paraissent énigmatiques. La consolation c'est qu'ils ne sont pas tous à l'abri de tout. J'ai lu, je ne sais plus dans quel magazine, c'était une revue savante dans le cabinet de mon dentiste, j'ai lu l'interview d'un médecin d'un pays qui compte, pas les États-Unis, je ne crois pas, peut-être un de ces pays qui sont au nord, tout en haut de l'Europe, là où il fait bien froid et où ils se conservent mieux, les Scandinaves. Ou peut-être qu'il venait d'ailleurs, Amérique du Sud. Faut pas croire, il y a des sommités dans ces pays-là, que ce soit du côté des Andes, de l'Amazonie ou de l'Atacama. Surtout quand ils ont l'intelligence de s'intéresser aux connaissances locales et aux plantes médicinales. Il pouvait aussi bien venir de Tunisie, les médecins ont la réputation d'être brillants dans ce pays. Bref peu importe, ce qui compte c'est ce qu'il disait, vu qu'il était considéré compétent et célèbre, d'après la journaliste qui l'interviewait. Eh bien, il disait que les avancées de la médecine sont spectaculaires, pour allonger la vie et contre tout un tas de pathologies, mais que si on continue à s'occuper du corps, sans aller aussi vite sur le cerveau, vu les progressions de la maladie d'Alzheimer et d'autres maladies dégénératives, dans un futur proche les gens vont vivre de plus en plus vieux, en bonne santé, sauf que les femmes ne sauront plus à quoi servent leurs beaux nichons bien pulpeux ni les hommes quoi faire de leur queue vigoureuse. Bon, ce n'était pas tout à fait le vocabulaire, mais juré, c'était exactement ça la pensée. Tu vois, en te l'écrivant, j'en ris encore. Et j'en tremble aussi. C'est terrifiant, non ? ça fera de nous des légumes pétants ! Ouille ! Sais pas pour toi, mais moi, franchement, pourtant j'aime les plaisirs de la chair, mais justement, si tu ne sais plus fabriquer ce plaisir, je ne vois pas à quoi servirait d'avoir un corps de jeune fille. Je préfère mes plis, j'en ai pas des masses, mes graisses, elles sont bien discrètes, mes rhumatismes, ils sont épisodiques, et à ce prix mes essoufflements ne me dérangent plus, plutôt qu'égaler Miss Univers en beauté et en bodybuilding et ne plus savoir me parfumer. Et n'écarter les jambes que pour pisser. Et n'utiliser mes fesses accortes que pour m'asseoir lourdement dans un fauteuil de mémé. Je préfère vieillir naturellement, m'affaisser plutôt que m'effacer. Et baiser plus lentement et moins longtemps, ou au contraire plus longtemps au ralenti, mais en sachant pleinement ce que je fais et ce que je recherche.

Bon, tu connais ma franchise… Et ne me parle pas de grossièreté ou de vulgarité, c'est la vie qui est chienne et la médecine qui déconne.

***

Pour parler d'autre chose, j'ai revu récemment les images de Muhammad Ali allumant la flamme olympique. Hihihi c'est un tropisme à nos âges : fouiller les archives, en quête d'exploits ou de mémoire. Tu te souviens : la terre entière parlait lingala en ce mois d'octobre 1974 : Ali bomaye ! Ali bomaye ! nous tous assassins réjouis et hilares. C'est quelque chose, hein ! Tous, partout sur la planète à hurler Ali bomaye ! avec l'accent tonique bien placé sur la première syllabe. Ali, tue-le ! pas troublés pour un kopeck par le fait que Foreman ne nous avait rien fait, et qu'il était un boxeur renommé, et qu'on aurait pu se contenter qu'Ali le mette KO. Mais non, ça rugissait Ali bomaye ! Tue-le ! Nous tous enragés sans raison pour cette *rumble in the jungle*. Quel monde ! Il faut reconnaître que, dans le lot des prouesses à émotion, Ali tient sacrément la rampe. Superbement. J'ai revisionné cette séquence où il porte le flambeau olympique non encore enflammé. J'ai été submergée d'élans et d'angoisse aussi puissamment qu'à l'époque. Non. Presque. Parce que là, en revoyant les images, je savais qu'il réussirait. Tandis qu'en 1996, je ne savais pas. Je scrutais, tétanisée, son bras gauche tremblant, saloperie de Parkinson ! Et lui, droit et digne, apparemment sûr de lui, alors que le monde entier regarde, tressaille, vacille, frémit épouvanté, et maudit ces tremblements, j'en suis sûre. Les prieuses du monde entier devaient être à genoux. Purée ! j'ai prié moi aussi. Mais ce coup-ci, je n'avais convoqué que les dieux africains. Pas folle, la guêpe. J'allais pas me faire maltraiter par l'abeille ! *Float like a butterfly, sting like a bee.* Je connais plein de citations de lui, et celle-ci qu'il est tellement rapide qu'après avoir éteint, il est arrivé dans son lit avant que la chambre soit dans l'obscurité. Plus rapide que la lumière, quoi. Et son rire quand il nargue ses adversaires ! Quel artiste ! En plus, le type est beau ! ses lèvres, ses joues, ce regard… ce n'est pas toi qu'il fixe, mais tu te sens devenir soit une poussière céleste soit un dérisoire grain de sable. Il fut un temps où j'étais capable de réciter en entier son poème hallucinant sur Sonny Liston qu'il a transformé en *human satellite*. Mais, avec l'âge, mon préféré, est devenu : *Get used to me*. Sublime défi lancé à l'Amérique arrogante et intolérante. Ces quatre mots me tordent les boyaux aujourd'hui encore.

***

Ouille ! avant que j'oublie ! je t'ai dit que je t'écrivais d'abord pour folâtrer. D'abord. Ce qui suppose que ce n'est pas tout. Venons-en donc au plus important ! Ces jours-ci, je réfléchis, et je peux te dire : ça carbure. J'ai pris récemment la décision de rédiger mes « directives anticipées ». C'est sacrément désagréable, pour ce que cela t'oblige à envisager : l'inéluctable. Le plus pénible c'est qu'il faut non seulement l'envisager, mais carrément, se le figurer. Se figurer quoi ?! Ce qu'on devient avant la poussière ! Tu vois, toutes ces sociétés où la mort est pensée ensemble, affrontée ensemble, ritualisée, où jamais une personne âgée ou grabataire n'est larguée livrée à elle-même… Je ne parle pas des villes qui ont déjà sombré dans le désordre, il y en a partout ; je parle de ces endroits où la culture des ancêtres et la religion des esprits protègent encore. Je n'idéalise pas non plus. C'est un peu partout que les égoïsmes gagnent. Parfois tout simplement c'est la vie marchande qui frappe avec la pénurie de sous et oblige à des abandons de vieux et de vieilles, en fredonnant « Tu verras, tu s'ras bien ». C'est dans ces mêmes endroits qu'on se débarrasse aussi de chats et de chiens jadis choyés. J'interroge, en tâtonnant, le rapport à la mort. Il y a encore des villages reculés mais aussi des établissements préservés au cœur de villes modernes, pas assez cependant car on meurt partout tous les jours, où on prend la peine de vivre ensemble le temps de la mort. Et je dois convenir que c'est un trait de haute civilisation que d'être capable d'entrer dans ce moment en comprenant que ce n'est pas seulement la fin de quelqu'un qu'on aime, mais une traversée que l'on accompagne en affection jusqu'à la rive. Dans des tas de pays, sous prétexte de progrès et d'individus émancipés, tu te retrouves avec la promesse d'un tête-à-tête pétrifiant avec la mort. Fin de vie, disent-ils. On t'a laissé avancer dans la vie avec ta désolation informulable. Tu as toujours su plus ou moins que le chemin mène à un gouffre, mais tu n'as pas vu défiler la route. En clair, tu sais ce que c'est ? Demande à Romain Gary : « Le temps est une belle ordure, il vous dépiaute alors que vous êtes encore vivant, comme les tueurs de bébés phoques. »

J'y pense. Et j'envisage tout. Que mon corps me largue, irréversiblement. Que ma tête menace de partir en vrille. En vrai, tu sais, toi, ce que ça fait ? Tu ne sais pas d'avance ce qui va lâcher ! Avec ça, ils veulent que tu exprimes une volonté éclairée et sereine. Ils te prennent pour une invitée bien éduquée qui perçoit, sans signal, à quelle minute précise se lever du canapé moelleux en cuir véritable, et prendre congé. C'est ça : ils traitent la mort en mondanité, l'impotence étant l'antichambre. Imagine, parmi les hypothèses, que ma tête se mette à dérailler et qu'on me surprenne à foutre le camp, nue dans la rue, avec des chaussures dépareillées, les cheveux en bataille, l'humeur en pétard, tétant une bouteille de mauvais alcool. Oh la honte ! Que tous les démons et mauvais génies du visible et de l'invisible, de la terre des cieux et de l'enfer m'en préservent ! C'est le genre de choses qui arrivent dans les meilleures familles. Regarde Stella, l'épouse du Guépard de Lampedusa. Ce n'est pas que dans les romans. Des femmes tellement puissantes qu'à un moment elles n'ont que le choix de débloquer, ça arrive dans la vraie vie. Et depuis toujours. On en trouve dans le Nouveau Testament, avec Salomé, non ? Ou bien Didon, chez les protopaïens. D'accord, ce sont des histoires d'amour, pas de vieillesse. C'est qu'il n'y a que l'amour contrarié qui sache rivaliser et tenir la dragée haute au temps, question égarement, accablement ou décrépitude. Et si tu veux des histoires d'amour non empêché, et souverain au point d'amorcer et de convoyer l'échappée belle et sans retour, regarde voir si tout le monde est capable d'être, en chair et en os, en feu en force et en grâce André et Dorine Gorz, ou Lotte et Stefan Zweig ! Le pire étant inépuisable, ça peut aussi bien être mon corps qui craque, que mes genoux capitulent, allez ! clouée au lit avec des escarres au dos et aux fesses, ou encore que je sois saisie d'une avalanche de hoquets ou que je me mette à pisser sur moi. Tu me vois affublée d'une couche, modèle XXXXL, mon joli cul cambré devenu informe ? Je ris, je pleure, je n'en peux plus à cette idée. Où peux-tu fourrer ton esprit pour rester digne jusqu'au bout ? J'essaie de chanter, c'est Ferrat qui sait :

Je voudrais mourir debout
Dans un champ au soleil
Non dans un lit aux draps froissés
À l'ombre close des volets
Par où ne vient plus une abeille
Une abè è yeu

Bien vaillant qui rédige ça en équanimité. Avant, tu devais revoir tes directives anticipées tous les trois ans. Vu la gravité de la chose, c'est logique. Mais ça ressemble à un supplice à la chinoise. Je ne sais pas si je vais encore cogiter. Sans doute. Je ne suis sûre de rien. Sauf d'une chose : je veux partir en fête. Puisque c'est l'inconnu, je veux l'imaginer radieux. Je vous demande une fête. Une vraie fête. Pas une fête contrite. Pas un truc où ça rit après ça pleure. Une fête bacchante, une fête orgiaque, un festin de blagues y compris à la con, des morceaux de poèmes y compris malmenés, une débauche de musique. Les medleys les plus baroques, Bach côtoyant Parker, Miles défiant Bartók. Épargnez-moi, pitié, les choses remâchées du style la symphonie « Du nouveau monde ». Osez, je vous en conjure, une charge d'audace, du rap lyrique, quelques voix de femmes, Christiane Eda-Pierre et Liz McComb et Grace Bumbry. Et Nina Simone quand elle frappe son piano telle une forcenée et chante éperdument, écumante, envoûtée d'une gaieté féroce repue et triomphante, prête à dessouder la moitié de l'humanité *Got my head, got my brains, got my boobies, got my heart, got my soul, I've got my freedom…* Du son, du son, des notes et du bruit. Que ça grésille que ça crisse que ça déflagre que ça pétarade et pétille et câline et lèche, et qu'en rentrant chez eux les gens aient envie de faire l'amour. De la ripaille. Un bankoulélé. La bringue !

Je compte sur toi, cher Ossip, mon doux compère.

Ah, une dernière chose. C'est mon post-scriptum. À la Sacha Guitry : que de lettres on n'écrit que pour leur post-scriptum, pérorait-il ! Ne t'attends pas à un P.-S. à la sauce McCartney, *P.-S. I Love You*. Ce n'est pas le meilleur des Beatles ! ça t'a un p'tit air chant de Noël. Ou comptine de colo. Neuneu, quoi. Ni novation ni subversion. Mais je m'égare encore. Une dernière chose, donc : assure-toi qu'on ne dégage pas les marginaux, les haillonneux, les souillons, ce peuple de la rue, souvent crasseux, étonnamment joyeux, qui se pointe dans la même tenue douteuse et avec la même témérité effarouchée au marché ou sur le parvis de la cathédrale. Ne les laisse pas chasser. J'ai eu parmi ces femmes des comparses de rires et parmi les hommes, des alliés occasionnels. Les unes furent des compagnes de conversation légère et faussement futile, quand les autres inventaient trente-douze services improbables à me rendre, contre une obole de dignité. On n'imagine pas combien sont subtils et sensibles ces faux paumés, trop lucides, qui composent le peuple de la rue. Qu'elles me redessinent et qu'ils fassent ripaille. Je te supplie d'y veiller, qu'on nc lcs chasse pas.

Inès

Myrtille

« Fumier d'salope, t'as ram'né combien ce soir ?

— D'abord, tu me respectes.

— Ah bon ! je vais respecter une morue ?

— Tu me respectes parce que je me tiens mieux que toi !

— T'es qu'un sac d'os ! ça tient debout tout seul.

— Je me comporte mieux que toi !

— C'est ça ! prends-toi pour une bourgeoise, pauvre crotte. Ha ha, tu vis dans le souvenir du salon de ta maman chochotte... Avec ton prénom à la con : Myrtille ! on n'a pas idée !

— C'est un prénom d'amour. C'est pas comme Eugène.

— C'est ça, Al-tesse ! T'as qu'ça. La peau de ton cul ne t'appartient pas. Tu peux toujours prendre des airs.

— C'est mieux que de se complaire dans la fange et l'indignité. »

Il lui lance un coup de poing. Sa main est massive comme un battoir de lavandière. Elle esquive. Elle est fine comme une liane de guarana. Toute nouée aux articulations. Elle connaît ce moment comme s'ils exécutaient tous deux une partition. C'est pile quand elle le blesse dans sa vanité que le ressort se déclenche. Souple comme un écureuil, elle a mis trois mètres entre eux. Il est lourd et balourd. Son geste l'a déséquilibré. Il est presque étalé au sol. Il peste :

« Vermine ! Charogne ! Pute ! »

Elle est arrivée au coin de la rue. Elle va faire le tour du pâté de maisons puis s'installer sur un banc au bord de mer, à cinq minutes de là. Ça l'apaise et la réjouit d'entendre l'eau battre la digue. Elle laisse remonter les poèmes qui depuis l'adolescence lui caressent l'intérieur.

Entends-tu des détonations… ?
Quelle raison ou déraison fait que la pluie pleure sa joie ?
Quels oiseaux dictent l'ordre à suivre… ?
Où le colibri suspend-il sa symétrie éblouissante ?

Ces mots de Pablo Neruda se chanteraient. Des tiges prolongées de rares feuilles surgissent de la vase depuis quelques semaines. La mangrove est bientôt de retour. L'horizon disparaîtra derrière les palétuviers. Et le soleil, toujours si prompt à s'éclipser au gong de dix-huit heures quarante-cinq, n'aura plus le temps de virer à l'orange. Du moins ne le verra-t-on plus commencer à rougir. Il s'effacera fioup derrière le rideau d'arbres. Elle viendra quand même. Une heure sur ce banc de pierre à humer les embruns, ça la nettoie des miasmes de la ville. Les hirondelles ne déserteront pas les amandiers et les enfants continueront, en sautant d'un rocher à l'autre, à faire hurler leurs parents.

***

Elle reviendra bien sûr dans l'embrasure de l'école. C'est là qu'ils se sont installés, depuis bientôt cinq mois. La rue est calme. Déserte après l'effervescence des parents et des enfants. En journée, évidemment, ça criaille aux récréations et à la sortie. Dès le milieu de soirée, il ne passe plus qu'un passant de-ci de-là. C'est l'un d'eux qui l'a sauvée un soir. Il était déjà tard pourtant. Sa brute de compagnon la forçait. C'était la deuxième fois dans la semaine. Il y avait entre eux comme un accord non écrit mais impératif. Elle le satisfaisait une fois tous les quinze jours. Elle avait appris à se débrouiller. Elle sentait à quel moment bouger plus vite pour en finir, faire semblant de crier, feignant l'orgasme. Elle avait repéré que si elle s'y prenait à temps, elle pouvait lui saisir le membre, pratiquer une fellation bâclée, lâcher sa verge juste avant l'éjaculation, l'entendre grogner un pleur de maïpouri traqué et le voir jouir aussitôt, dans une espèce de panique, puis s'écrouler comme une chiffe molle. À ces moments, il lui inspirait un dégoût navré. Il s'endormait brusquement dans un ronflement de tronçonneuse.

Elle le regardait désormais sans plus trace ni d'égards ni de compassion. Tout s'était envolé. La fantaisie, le charme qu'elle avait cru déceler dans son histoire : un jeune, presque trentenaire, qui avait tout plaqué, rêvé de se rendre au Brésil pour visiter Manaus, escalader le tepuy Roraima, séjourner à Bahia-de-tous-les-saints, et il verrait après. Il n'avait pas assez de sous. Ça tombe bien s'est-il dit, la France a une colonie juste à côté. Il va passer par là, se refaire avec quelques jobs, puis traverser la frontière. Du moins pensait-il ainsi et parlait-il ainsi à ses premiers jours. Ça lui prit du temps de se refaire. Jusqu'au jour où il croisa une ancienne connaissance, quelqu'un de son village, ils s'étaient fréquentés au temps lointain du lycée. Ils ont renoué. Ont fait semblant de se prendre pour des amis. Cet ami l'a fait embaucher dans son administration, sous un statut de contractuel. Il ne parlait plus de colonie, trouvant assez normal d'être embauché par la bande alors que le chômage désespère des bataillons de jeunes sur place, diplômés ou sous-qualifiés. Jusqu'au jour où son contrat a atteint son terme et où il convoita un poste de titulaire qui venait de se dégager. Il n'y avait pas droit. C'en était trop ! Déjà qu'en tant que contractuel on ne lui avait pas accordé la surrémunération de quarante pour cent. Puis, on ne lui proposait plus que des remplacements, par-ci par-là. Toujours sans la prime de quarante pour cent, versée chaque mois aux seuls fonctionnaires. Sous prétexte qu'il devrait, s'il voulait y prétendre, passer un concours. Le voilà traité comme les gens d'ici : pas de quarante pour cent, c'est le bâton, le concours c'est la carotte. Il n'avait pas de mots assez durs pour cet ami éphémère, traître parmi les traîtres. Depuis, il ressasse. Il a dû quitter la chambre qu'il occupait dans un motel. Ses bagages se sont réduits au fil des vide-greniers qui lui permettaient de manger quelque temps. Ses jambes se sont empâtées, elles sont devenues pataudes. Sa bonne humeur s'était dissoute, comme dans de la chaux. Ça ne l'empêchait pas à l'occasion, toute fierté ravalée, d'aller taper l'ami-traître. Elle s'était appariée à lui, persuadée qu'elle lui trouvait du fumet et de l'audace. L'illusion n'a pas duré. Mais elle est restée, car de nuit, la ville est dangereuse. Elle ne craint pas particulièrement ceux qui y vivent. Ils se connaissent presque tous, s'entraident volontiers. Ils veillent, l'air de rien, les uns sur les autres. Mais on n'est jamais à l'abri d'une mauvaise rencontre. Ça vient souvent de ces gens rapaces qui ne sont pas de la rue, justement. Ou alors c'est l'un des leurs qui perd les pédales parce qu'il ne sait plus doser son joint, et devient enragé, ne connaissant plus ni père ni mère.

Depuis, elle le regarde sans aucune sympathie. Son visage est mastoc et anguleux. Ses joues mangent deux tiers de sa face, et ses yeux, sournois, ont l'air de se faire la gueule. Des cheveux filasse lui donnent un air sale en permanence. Son vestiaire tient dans un grand sac rectangulaire en plastique imitation madras dont la fermeture Éclair crisse à l'ouverture. Trois chemisettes à carreaux, deux gilets de corps genre marcel, deux pantalons de toile, trois caleçons en vichy, trois bermudas dont un taillé dans un tissu à larges hibiscus, y sont pliés ou roulés en longueur à la japonaise. Il porte couramment des savates Havaianas, et parfois des baskets noirs à bandes beiges.

***

Il y a trois mois, elle a fait une belle rencontre. Un nouveau compagnon. Disons plutôt, un camarade. Un peu farouche. Il a le sens de l'amitié qu'affichaient les chevaliers de la Table ronde. Il n'est pas le roi Arthur. C'est un rêveur et un rimeur, pas un virtuose d'Excalibur. Elle rit par devers elle. Il pesterait comme un poète blessé si elle avouait ses pensées. Lui ?! comparé à un chevalier ! Il ne croit pas à la violence, même sublimée. C'est la ruse des oppresseurs, assure-t-il, celle des aristocrates. La violence des pauvres est toujours sordide et répugnante. Par contre, la violence des dominants est déguisée en exploits chevaleresques. En somme, la violence est partout. Sans pitié ni répit.

« Tu te souviens lui demanda-t-il une après-midi, ce qu'on t'apprenait à l'école ? Quand ils te gavaient de la monarchie, et de Marie-Antoinette qui aurait excité le peuple en déclarant : "Ah ! le peuple manque de pain ? qu'il mange de la brioche !" Et voilà d'où la

Révolution serait partie. Comment tu veux prendre la Révolution au sérieux ? Une affaire de brioche ! Et nous, on vit en paix, malgré tout ce qui déraille, simplement parce qu'on n'a pas compris que la Révolution, c'est une histoire de brioche ! Ah bon ! tu connaissais, toi, la brioche quand tu étais gamine ? Ici, on connaît le zakari, le croissant fer à cheval, le bendengwel, mais pas la brioche ! Tu vois ce qu'ils te fourrent dans la tête ? Ça démarre depuis là. Et toi, enfant, tu ne comprends pas, tu n'arrives pas à te figurer les choses, et tu commences à perdre pied. Le jeu est truqué, et d'ailleurs, c'est pas un jeu, c'est une guerre.

— Tu exagères un peu, Ochala ! » lui avait-elle répliqué.

Elle n'osait pas toujours le contredire. D'abord parce que sa voix avait quelque chose d'apaisant, d'hypnotique presque, et qu'il était bon d'en laisser couler le son. Ensuite parce que ce qu'il disait, avec une telle ferveur, sonnait souvent si juste, y compris lorsque ça semblait excessif. Rien ne trouvait grâce à ses yeux. Dumas et ses romans de cape et d'épée pas plus que les autres. Elle tient à lui. C'est un gars d'ici. Vif du cerveau. Pas trop abîmé physiquement. Il ne touche pas à la chose. Il interdit aux dealers d'approcher son coin de rue. Et il s'est mis en situation d'imposer ce *no man's land*. Les nuits pluvieuses, il se réfugie sous le porche d'un hôpital désaffecté. Une pile de livres lui sert d'oreiller. Des livres reliés, couverture rigide, ruban rêche, pages jaunies, des livres à signets. Cheikh Anta Diop, Fanon, Spinoza, Bessie Coleman, Sun Tzu, Malcolm X, Hypatie, Omar Khayyam.

Il avait l'air obsédé par l'agression insidieuse – et retorse, ajoutait-il – opérée par l'école.

« Tu arrivais à trouver, toi, un rapport entre ta vie et l'école ? Le soir chez toi, on ne te raconte pas des histoires de rois et de reines. On te raconte comment Dieu a créé les Noirs, les Blancs et les Jaunes-Rouges. On te raconte des histoires sur les animaux de la forêt, ou les maskilis qui égarent les malfaisants. Ce n'est pas spécialement émancipateur, mais au moins ça te maintient dans ton environnement. Et il y a un peu de morale dedans. Comme pour T'Chimbo que nos parents aiment bien ressusciter et brandir comme une menace de nous-mêmes contre nous-mêmes. Malheureusement, ils n'ont pas l'air de connaître les épopées de Pompée et de Boni… Il n'empêche que leurs histoires sont plus stimulantes. »

À ces moments, il se faisait absent. De façon

impromptue, un jour, après un long silence, il lui avait dit :

« Tu vois, la rue, c'est l'endroit le plus civilisé. Là, tout se mélange. Les révoltés, les largués, les traumatisés, les illettrés, les diplômés, les rejetés, les sevrés, les criminels, les paumés, les brutes, les grands rêveurs, les étourdis, les romantiques… les filles sont moins nombreuses, mais c'est pareil… »

Puis, il reprenait son air méditatif. Ils s'attardaient à palabrer jusque dans la nuit très avancée. Mais il y avait une règle intangible : elle ne devait pas rester dormir auprès de lui. Il aimait sa curiosité, son esprit décalé qui le forçait à quitter le confort de ses vérités péremptoires pour argumenter et exemplifier. Mais il aimait plus encore sa tranquillité et sa solitude. Elle s'en allait habituellement vers vingt-trois heures.

Une nuit, ils se sont embarqués dans une discussion sur le livre d'Ivan Van Sertima, un essai passionnant sur l'origine des Olmèques et les contacts précolombiens entre Africains et Amérindiens, qu'ils avaient lu tous les deux et dont ils découvraient qu'il leur avait fait à tous deux cet effet insaisissable : vertigineux, revigorant, appétissant. Lorsque, au premier bâillement de Myrtille, ils ont repris conscience du temps, il était deux heures du matin. Il ne l'a pas laissé repartir seule. Il l'a accompagnée jusqu'à l'embrasure de l'école. Eugène ne dormait pas. Ou il s'est réveillé. Il les a vus arriver, discutant vivement, puis se quitter en se saluant de la main. Alors qu'elle se glissait sous une couverture, il éructa :

« Fumier d'salope ! »

Ochala était revenu sur ses pas. Les deux hommes s'étaient mesurés du regard. Myrtille avait discrètement fait signe de la main à Ochala pour qu'il s'en aille. Il avait hésité, fixé l'homme massif dans les yeux jusqu'à ce que ce dernier baisse la tête et se rallonge en se tournant vers le mur. Ochala s'est éloigné en sifflant *Chileshe* de Masekela. Il avait à peine passé le coin de la rue que les invectives avaient repris :

« T'es qu'un sac d'os ! un paquet de débris ! avec deux baffes je te mets en pièces. Si jamais tu recommences, je te démolis et tu iras rejoindre la ferraille, les sommiers rouillés, les vieux réchauds, que les malpropres empilent dans le terrain vague de la rue derrière. Quand je vais balancer tes os, ça va faire le même bruit. »

***

Elle était restée trois soirs sans revenir voir Ochala sous son porche d'hôpital. Il était passé à la tombée de la nuit, s'arrêtant au coin de la rue, vérifiant sa présence dans l'embrasure. Et comme si cela lui suffisait, il s'en était retourné.

***

Elle revient lentement, comptant mentalement ses pas. Elle a encore dans les oreilles le chant des hirondelles. Arrivée au coin de la rue, juste avant de tourner pour rejoindre l'embrasure de l'école, elle se reprend à réciter en silence le poème de Pablo Neruda. *Quels oiseaux dictent l'ordre à suivre…* Sans raison, elle poursuit avec un seul vers d'un poème d'Octavio Paz : *J'habite une transparence.*

Cette poésie lui rappelle immanquablement Rio. Comment le désigner ? Ce n'était pas son amoureux. Il était plus et il était moins. Lui, était amoureux d'elle. Éperdument. Dans leurs années lycée. Elle ne l'aimait pas d'amour, mais elle était fascinée. Par sa démarche, son sourire, son regard diffracté dont un œil semblait opaque comme celui d'un chien battu et revanchard, tandis que l'autre étincelait de malice. C'était un bouillant ailier gauche dans l'équipe de foot des littéraires, qui infligeait immanquablement de cuisantes défaites à l'équipe des scientifiques, dans tous les tournois où ils s'opposaient. Rio achevait ses camarades adversaires à coups de sarcasmes très spirituels, comme une prime qu'il offrait à son équipe, en plus de la coupe. Il était incisif sans être méchant. Les joueurs adverses défaits ne pouvaient s'empêcher de rire à leur propre détriment. Elle aimait aussi les deux collines rebondies que dessinait son pantalon. À cette pensée, elle secoue la tête en relevant un coin de lèvres, tout en pinçant la narine opposée. C'est un tic qu'elle tient de sa mère. Dont elle n'a jamais pu se défaire. Vers la sortie d'adolescence, elle avait fini par croire que c'était davantage ce tic que la prétendue ressemblance des visages qui la faisait identifier dans les lieux publics comme les boulangeries, les librairies, ou les stades. Dis bonjour à ta maman, lui intimait-on en la croisant pour la première fois, sans prendre le temps de vérifier sa propre identité. Ça l'a beaucoup amusée les premières années. Ça l'a arrangée, parfois, en lui octroyant une présence sociale. Et puis, elle en a eu assez. Elle a désiré l'anonymat. Avant d'aspirer à sa propre identité. Individuelle et sociale. Elle a décidé. Elle a quitté le logis familial. Comme si son départ allait effacer et la ressemblance et le tic. Elle a d'abord été hébergée chez sa meilleure amie. Au bout d'une semaine, elle s'est rendu compte qu'elle dérangeait. Elle a pris son barda et s'est retrouvée chez une autre amie, dont le père était en voyage. Elle en est partie dix jours plus tard, au retour du père, se sentant de trop dans l'ambiance familiale très cocooning. Elle a été accueillie pour deux semaines chez une ancienne prof dont la fille unique était plus jeune qu'elle de trois ans. À cet âge, un tel écart vaut un siècle. Ce nomadisme anarchique a vite perdu son charme. Elle s'est mise à réfléchir à une solution sinon pérenne, au moins un peu stable. Ses amies appartenaient comme sa propre famille à la classe moyenne. Leurs domiciles étaient agréables, voire coquets. Mais moyens. Espace moyen. Confort moyen. C'était déjà une chance quand une amie pouvait la recevoir dans sa chambre, quand elle ne la partageait pas déjà avec une sœur, ou un petit frère.

***

C'est en cherchant à se poser quelque temps qu'elle avait accepté de rejoindre Rio que, par chance ou bénédiction, elle avait croisé sur la place du marché. Cela faisait bien deux ans qu'ils s'étaient perdus de vue. Rio était enjoué et encore plus érudit que dans son souvenir. Sur tout le trajet, de la place du marché jusqu'au studio exigu et douillet qu'il occupait au rez-de-chaussée d'un immeuble massif et neutre, il lui a déclamé de la prose, de la poésie, des chansons. D'abord en espagnol-cubain :

Entre la espada y el clavel
Amo las utopías
Amo los arcoiris
Y el papalote
Y amo el cantar del peregrino

Il s'est alors mis à esquisser, très moqueur et très souple, quelques pas de mambo-salsa. Ça c'est pour ton pays et ton peuple, Moréjòn, dit-il en se prosternant.

Puis ce fut en créole :

Gadé tout journal yé fè annan péyi a pou instrui nou, yé pa viv pasé roun bouké guinanmen. Dèrnyé a, a fors yé rongnen'l, jodla li pa pi gran ki roun féy chou. Titalò li ka mouri zéklè.

Ce qui donna lieu à quelques pirouettes, moins acrobatiques cependant que les sauts compliqués du kasékò, cette danse traditionnelle de combat, qu'il exécuta en saluant Parépou : à notre tour, notre peuple, emphasa-t-il. Les passants s'écartaient, indifférents ou souriants. Unc vieille dame a fait signe qu'elle le pensait toc toc, en tournant son index contre sa tempe. Elle eut cependant un regard bienveillant.

La suite était du brésilien :

A realidade è que sem ela não paz
Não hà beleza
Mas se ela voltar
Que coisa linda
Que coisa louca

Ce fut alors la bossa nova, c'est pour toi, Moraes, roucoula-t-il. Et pour la musique d'Antônio Carlos Jobim et la voix, ah oui la voix de João Gilberto. Je poursuis, défia-t-il, je pourchasse, je traque les traces du samba et du blues, je les talonne. Oh ! la croisée des mondes, des souffrances et des mélancolies, clama-t-il.

Puis il passa à l'anglais-caraïbe :

Is then I see my soul
Swiftly unsheathed
Like a white cattle bird growing more small
Over the ocean of the evening canes
And I seat quiet

C'est de toi et c'est pour toi, Walcott. Oui, chabin, comme toi, soit je ne suis rien, soit je suis une nation. Il il exécuta un mix ridicule de cha-cha-cha et de limbo.

Il enchaîna sur un charleston un peu raide, en s'excusant : le hip-hop est plus moderne mais trop exigeant. Il se lança, dans ces élans sur quelques vers en afro-américain, dont il précisa qu'ils étaient de Countee Cullen :

For me my heart is pagan mad
My feet are never still
But give them hearths to keep them warm
In homes high on a hill

Il céda enfin au français :

Silence ! il passe un cortège funéraire à côté de vous. Inclinez la binarité de vos rotules vers la terre et entonnez un chant d'outre-tombe. Il est possible que vous parveniez de la sorte à réjouir extrêmement l'âme du mort, qui va se reposer de la vie dans une fosse.

Il rythma ainsi leur marche à la cadence des vers récités, en finissant par une valse à trois temps. Sans rapport avec Lautréamont qui, en plus, avait deux pays ! Aucune des poésies ne vibrait pourtant d'accents patriotiques. Il mima un smurf en robot ralenti, se sentit ridicule, alors que Myrtille matait ses deux collines en mouvement. Il tenta de noyer sa confusion en lui faisant une courte conférence, peu convaincante, sur la payada uruguayenne. Ses derniers pas furent du toyi-toyi.

« Rien à voir ! » s'esclaffa Myrtille.

Quand ils furent arrivés à destination, il prit

l'air intimidé d'un communiant en aube blanche et se mit en retrait pour l'inviter à entrer.

Ils y vécurent une pleine année, aucun n'empiétant sur la vie de l'autre, partageant ce chiche espace vital avec une telle ingéniosité que le studio, insuffisant à une seule personne, avait l'air d'un loft avec terrasse.

Depuis deux mois, Rio rentrait un soir sur trois. Pété. Elle a bien essayé de savoir qui il fréquentait. Sans aboutir. Elle s'y connaît peu. Assez pour savoir que ce qu'il prend, ce n'est pas de la barbe-à-papa, c'est la terreur. Tout le monde sait où ça se vend. Sauf la police. Faut dire que celles et ceux qui y tombent et succombent sont quantité négligeable. Elle a mis trop de temps à comprendre. Puis à réagir. Il n'était déjà plus là. Plus dans ses vêtements. Plus dans ses poèmes. Plus dans sa joie. Ni davantage dans ses jambes. Il ne lisait plus guère. Finies, les exégèses philosophiques mâtinées de fantaisies pharaonesques ou rastafaries. Et puis, il n'est pas rentré. Un soir, deux soirs, une pleine semaine. Elle a ameuté des amies pour qu'elles demandent à leurs parents s'ils pouvaient se renseigner, intervenir, faire quelque chose. Justement, dans l'après-midi, on a repêché le corps d'un homme. Noyé. Alourdi par des vêtements épais, une espèce de djellaba de prophète passée par-dessus un pantalon de toile, le torse nu, les pieds chaussés de bottes de pêcheur. Un marginal, qui dort aux abords de ce bout de plage en courbe, a déclaré que la victime a marché en premier sur les rochers, en faisant quatre allers-retours, puis l'homme a marmonné dans sa gorge comme s'il s'adressait à des esprits en se prosternant puis en levant les yeux au ciel, ensuite il est entré dans l'eau les bras en croix. Et s'est enfoncé dans la vase. Les vagues ont mis longtemps à recouvrir sa tête.

Cette blessure est demeurée acide dans le cœur de Myrtille.

***

Myrtille a parcouru les cinq cents mètres qui séparent leur abri de plein air, du bord de mer. Elle conserve dans les narines les effluves aspirés avec empressement et délectation.

La voilà revenue à leur place, leur coin, leur domicile. À l'embrasure de l'école. Elle remarque qu'Eugène fait semblant de dormir. Sa respiration est trop irrégulière pour la tromper. Elle se dirige vers l'angle. Elle aime s'y blottir. Ce soir, elle se serait bien rendue chez la voisine, un peu plus haut dans la rue. Cette voisine lui a maintes fois proposé l'hospitalité pour plusieurs nuits et pour l'aider à trouver un logement. Parfois elle lui a offert d'entrer juste prendre une douche si elle voulait. Myrtille a toujours répondu qu'elle ne pouvait venir sans son compagnon. Manifestement, la voisine n'aimait pas ce compagnon. Myrtille ne s'en formalisait pas. Plus qu'un possible gîte, ce qu'elle aimait par-dessus tout, c'étaient ces longs moments passés à bavarder avec cette voisine. Des conversations qui tournaient sur l'actualité, sur de vieux films, sur les concerts en plein air d'artistes de jazz ou de reggae, sur l'enlaidissement de la ville par la négligence des édiles. Ce soir, la maison est toute sombre, les fenêtres sont fermées. Elle doit être sortie. Ou partie. Myrtille s'approche de l'angle de l'embrasure. Le soi-disant dormeur y a déposé un sac de jute plié et un rouleau de corde. Elle suppose que c'est pour l'empêcher de s'installer. Histoire d'avoir un prétexte à dispute. Elle dépose le sac de jute et la corde sur le sac en plastique madras, puis déplie sa couverture.

***

Ochala est venu quatre jours plus tard. Il avait jeté un œil dans l'après-midi, juste après la fin d'école. Il n'y avait personne. Il est repassé vers vingt heures. Eugène était en train de s'installer. Ochala l'a touché du pied et l'a interrogé des yeux en levant le menton, sans un mot. L'autre a fait mine de l'ignorer. À première vue, les forces étaient inégales. Ochala est une carcasse, assez longue et sèche. Eugène, un amas de muscles et de graisse, une sueur de brutalité.

« Je te parle, connard, où est Myrtille ? »

Eugène sursaute. La voix qui sort de cette gorge est sifflante comme un poignard malais. Il rougit, blêmit, bégaie :

« Elle est partie chchchez son frère, ààààà la résidence des Acajous. »

Ochala le toise. Le scrute. Le transperce d'une menace muette mais stridente. Puis s'en va.

***

Il sillonne une journée entière la résidence Acajou. Pas facile sans nom de famille. Il fait le guet. Revient en ville le soir, se rend à l'embrasure de l'école. Personne. Ni le lendemain ni le jour suivant.

***

Le branle-bas court sur la route de l'est, fait un détour par la bretelle de la crique fouillée, parcourt la route de l'ouest, bifurque sur la rocade, descend la route du littoral, revient au centre-ville. Tous les marginaux sont sur le pont, les junkies les sobres les sniffeurs de colle les hâbleurs les chanteurs les scandeurs les mutiques les marcheurs les dormeurs les solitaires les sociables les chevelus les chauves les débraillés les méticuleux… Inutile de décrire Myrtille, tout le monde connaît tout le monde, chacun sait qui est qui même sans lui avoir jamais parlé, les territoires sont respectés, les maigres affaires aussi.

L'information est ténue mais elle est sûre. Une femme qui campe sous un auvent de dispensaire abandonné sur la route des bois-cathédrale est catégorique : elle l'a vu. C'était il y a trois jours. Sans raison, elle a longuement regardé ses baskets noir et beige. Il tenait, sans le porter, un long gilet de laine grise plein de peluches. Il a dû faire le trajet à pied depuis la ville. Il se dirigeait vers l'aéroport. Elle est formelle : il était seul.

Ochala est infatigable. Il s'est rendu à l'aéroport, à pied, lui aussi. La vie ici a beau devenir insensée, tout n'est pas perdu : on croise toujours quelqu'un qu'on connaît, ou qui vous connaît, ou qui vous a déjà vu dans une circonstance qui inspire confiance, ou qui a connu quelqu'un portant votre nom ou qui a entendu parler de votre mère ou d'un cousin… À force de questions et de descriptions aux brigades d'entretien, au personnel de la compagnie, aux kiosquiers, aux équipes techniques, aux employés commerciaux, aux agents de sécurité et même à un policier de la PAF, ils ont eu confirmation. Oui, un homme un peu gourd, correspondant à la description a bien pris l'avion avant-hier. Le long-courrier. Il n'y a que deux vols par jour, un long et un moyen-courrier. On l'a remarqué parce que, visiblement inquiet, il présentait le profil et le comportement de mules novices, ces convoyeurs inexpérimentés de boulettes de crack. Il a été contrôlé de fond en comble. Pas de bagage de soute. Non, il était seul. On sait les repérer, ceux qui font semblant de ne pas se connaître. Lui était vraiment seul. Et plutôt tendance parano.

***

Ochala ne veut pas renoncer. Il est repassé à la résidence Acajou. Il a refait la tournée des marginaux. La plupart continuent à se démener, à chercher, mais certains commencent à le regarder avec des airs de commisération. D'autres ne comprennent pas : c'est la liberté de chacun de disparaître quand ça lui chante. C'est d'ailleurs l'unique privilège intrinsèque à la vie des habitants de rue.

***

L'avis est diffusé quatre fois par jour. Appel à témoins. Ils ont mis trois jours à en débattre et à mégoter. C'est la femme qui l'a emporté. Ils ne voulaient pas prendre de risques inutiles. À quoi ça servira, il est déjà trop tard. Ils sont raisonnables et responsables. La femme leur a dit sous toutes les modulations de voix qu'ils ne peuvent pas rester avec ça. Pour dire le vrai, elle n'en dort pas. On n'est pas des bêtes. On ne peut pas passer ses journées jusqu'au soir en sachant une chose pareille. Ils sont tous en situation irrégulière. Pourquoi iraient-ils au-devant d'un tracas qui risque de bouleverser la vie de trois familles ? Et si on les expulse juste après ? Alors, elle a eu cette idée. Pourquoi ne se rendraient-ils pas à la mairie plutôt qu'à la gendarmerie ? Le maire n'aura qu'à faire suivre au commandant.

C'est ainsi qu'ils sont allés raconter au maire cette fois où, arrivant à la déchetterie au petit jour selon leur habitude, en ce dernier vendredi du mois, le plus profitable pour leur job de chiffonniers, les aboiements d'une petite meute de chiens ont attiré leur attention. Les chiens sont leurs compères anonymes. Ils gardent la déchetterie et s'y engraissent. Ils se connaissent. Il y a entre eux une entente tacite sur le territoire qu'ils se partagent. Un *gentleman agreement*. Aucun groupe n'empiète sur la zone des autres. Ce matin-là, les chiens étaient nerveux. Leurs aboiements différaient de ceux qui, habituellement, accompagnent leurs jeux ou leurs querelles. S'approchant, intrigués tous trois, la femme et les deux hommes ont tourné la tête. Ils ont vu l'homme. Clairement. Il était vêtu d'une chemisette à carreaux ouverte sur un gilet de corps assez crasseux, d'un bermuda de toile couleur gris sale au-dessus de jambes épaisses, et il était chaussé de baskets noires à bandes beiges. Il a eu beau se dépêcher en les entendant approcher, ils ont pu voir son visage : des joues larges sous des yeux très écartés, quelques cheveux filasse dépassant d'une casquette. Puis, ils ont suivi les chiens. Ils étaient six à aboyer en tournant autour d'un grand sac de jute, à demi enseveli sous des amas de terre rouge et des morceaux de ferraille. Ils se sont regardés. Ils ont éconduit les chiens. Ils ont tâté le sac. Une jambe pliée, une allongée. Les bras croisés en W sur la poitrine. Ils ont chassé les chiens pour de bon. Ils ont pensé aux corbeaux. On est des chrétiens. Alors, ils ont protégé le sac avec des planches.

Claire, Cécile et Céline

Claire

C'est pour demain. On est dans les jours quand la pluie, elle se déchaîne toute la journée contre le soleil et demain, on sait, la lune va mourir. Quand la lune meurt, au tout commencement du soir, la nuit est noire. Bien noire, bien chaude, avec un ourlet bleu. On dirait que depuis aujourd'hui, le vent est tombé. Comme si l'air était déjà allé se coucher. Faut tout préparer. On va partir longtemps longtemps avant que l'oiseau parakwa se réveille pour chanter. Mes garçons seront tout ababa, mais c'est des bons enfants, mon Paul et mon Pascal. Ils vont vite faire les gaillards et ils vont bien aider les hommes. Leur papa, c'est Anépoc. Ses oreilles sont rasées. C'est pas qu'il entend pas. C'est que quand ils l'ont repris après la première fois qu'il avait marronné, ils ont coupé les feuilles de ses oreilles. C'est la loi. Il peut menm pas aller se plaindre. Chez qui, chez l'abbé ? L'abbé est d'accord avec eux. Il nous a déjà dit que la vie douce, pour nous, ça va être au paradis. Nous, on dit que si elle est si tellement douce, ils ont qu'à la prendre, on est d'accord pour bourcanter. Mais ça, on le dit dans nos gosiers, on est pas fous de répondre. On fait ce qu'on veut avec leurs darloz. On fait semblant d'avaler leur bobard et à la vitesse qu'ils tournent leur dos, on recrache tout. On va partir avec un peu de manger, pas beaucoup, de la kasav et du maïs. On sait que quand on arrive, les Marrons nous donnent du riz, des ignames, et des fois leur chance les fait tenir un agouti ou un pak ou bien un baboun, et ça fait un peu de viande. C'est Anépoc qui nous a raconté. La première fois qu'il a cherché le village marron, déjà, il l'a pas trouvé tout seul. Il a manqué culbuter sur un Nègre taillé comme un patawa, qui a coupé son chemin. Après, ils ont causé un peu, et puis ils sont repartis ensemble jusqu'au village marron, le quilombo, en faisant *et cetera* détours. Interdit de casser les branches des arbres qui gênent le passage : c'est comme ça qu'on laisse des traces. Donc, on se baisse ou on écarte doucement la branche et on passe. Le plus souvent possible, ils coupent par une rivière ou une crique, y en a partout d'après Anépoc. Ça aussi, ça efface les traces. Bon, c'est pas tout, ça, il faut que j'arrange les sacs en calebasse pour mettre dedans tout ce qu'on aura besoin, si en cas on ne trouve pas le quilombo dans la deuxième journée. Guimby ne peut pas venir avec nous. Il a toujours dans son cou le collier à longues barres qui l'empêche d'aller plus loin que sa case et le champ de coton. Ils ont mis ça quand il est revenu du grand-bois. C'était bien la peine qu'il est revenu tout seul, alors que les chasseurs d'esclaves ont pas été foutus de le trouver. Il aimait trop sa femme. Nous, on savait. Comme elle a pas pu partir avec lui, assuré, c'est lui qui allait revenir. Eh ben, le maître il a décidé de le pendre à la portugaise pour donner un petit goût. On a mis un collier avec des crochets dans son cou, on l'a suspendu au courbaril qu'est au milieu de la cour, comme ça il reste vivant. Et le commandeur, il fouettait. Ouach ouach ouach… Quarante-neuf coups de fouet. Parce que le gouverneur, il a interdit de donner plus que cinquante coups de fouet. Tu crois qu'on a besoin d'un gouverneur pour ça ! Le maitre, il fait souffrir souffrir, mais il arrête pile quand il sent que les coups vont le faire perdre un coupeur de canne ou un cueilleur de coton ou de tabac, ou aussi un esclave de moulin, d'atelier ou de jardin. Quand Guimby est revenu, ils l'ont mis tout nu. Pour le fouet, c'est toujours tout nu. Les quatre piquets par terre où ils tirent tes jambes et tes bras dans quat' sens pour te fouetter, tout nu. Debout attaché à un arbre, tout nu. Pendu à la portugaise, tout nu. Les hommes surtout. Faut toujours qu'ils mettent les hommes tout nus. Ils ont un problème avec nos corps. Ils font couper les parties des hommes comme punition, surtout pour ceux qui ont foutu une roustée à un maître-esclavagiste. C'est le même qui vient pour châtrer les cochons, avec ce coutelas à manche en carapace de tatou. Ils font toujours ça un samedi. L'esclavagis', il veut êt' bien sûr que tous les esclaves sont là pour voir ça. Nous, les femmes, on dirait qu'ils se couchent et se lèvent avec une seule idée dans leur tête : nos corps. Notre grotte, nos tétés et nos fesses. Ils déchirent nos hardes n'importe où, dans le champ de canne à sucre ou de cacao, dans la case, dans la cour, partout partout. À n'importe quel moment, quand le morceau de boyau de cochon qui pend en haut de leurs jambes commence à faire la loi dans leur pantalon. Ça peut les prendre quand le soleil est en plein milieu du ciel, ça peut être au soukou quand le jour s'en va et que la nuit donne ses coups de pied pour entrer. À n'importe quel moment ! T'as menm pas un cri d'oiseau ou un nuage ou un éclair qui t'avertit. Ils te jettent et ils se jettent sur toi. Ils nous commandent mais c'est ce boyau de cochon qui les commande. Nous, on sait quelle plante faut faire bouillir le soir tou-suit', laver notre matrice pour pas pondre encore un enfant qu'on a pas voulu et qui va être plus malheureux que les autres parce qu'il va travailler comme les autres à partir de ses cinq ans, et en plus on va pas l'aimer comme on aime nos aut' enfants qu'on fait avec l'homme qu'on aime et qu'on montre pas qu'on l'aime parce que sinon le maître va se dépêcher de nous séparer, ou bien il va venir sauter sur nous devant notre homme rien que pour l'enrager.

Cécile

J'avais déjà fait à peu près le tour de tous les placers d'or. J'étais passée à Pas-trop-tôt, près de la crique Salva, puis à Espérance sur la crique Beiman, du côté du Maroni. J'étais descendue jusqu'à Dorlin et Sophie, après je suis remontée à Délice sur la Mana. Avant ça, j'avais fait un tour à Benzdorp dans Village-femmes. J'ai descendu la rivière Sikini un peu avant Camopi pour arriver à Alikéné. Je suis revenue vers Iracoubo, je suis restée un moment à Temps-perdu. Après, c'est facile de dire ça comme ça, mais j'ai vraiment perdu mon temps. Je suis repartie près de Saint-Élie et j'ai tenté ma chance à Adieu-vat et Dieu-merci. C'était pas mal. Je suis allée tâter dans les environs de Saül, au cœur du pays, un peu plus haut, à Repentir, Certitude et Patience. J'ai fait la tournée complète entre ces trois-là. Après, je suis vraiment repartie côté Surinam, à Palò-fini entre Maripasoula et Saül. J'ai poussé jusqu'à Grigel sur la Waki, avant de remonter à Village-femmes. Partout, du monde, du monde, du monde. À part Village-femmes à Benzdorp où les femmes font vraiment la loi, parfois on les voit sans pitié avec les hommes, cinq ou six, qui travaillent pour elles, à part là, ce sont les hommes qui sont plus nombreux dans les placers, toute la sainte journée à genoux ou djokoti dans les criques à fouiller la terre et l'eau, comme s'ils avaient une malédiction. Je peux dire ça, j'ai essayé. J'ai été minière ! C'est vrai, on peut trouver dix grammes, ou vingt grammes, ça peut arriver : trente grammes dans la journée. Mais c'est pas chaque jour. Et pourtant, les hommes ne démordent pas, ils ne flanchent pas. Tous les jours que le bon Dieu fait, dès qu'ils ont descendu leur café, ils repartent sur la batée ou le longtom. On dirait que ce qu'ils apprécient le plus, c'est de ne pas avoir de patron. Ça fait à peine cinquante ans que l'esclavage est fini ici, et il reste des gens vivants pour raconter. Moi-même, mon grand-papa Pascal-Ibo, il a eu le temps de me rapporter ses souvenirs de la rage des esclavagistes. Tout vieux qu'il était, ses yeux se mouillaient et regardaient au loin quand il ramenait cette remembrance. Et toujours il ronchonnait : « L'instruction, l'instruction… » On dirait que les orpailleurs, ils sont allergiques aux patrons, comme si le patron ç'aurait été un maître, comme au temps de l'esclavage. Ils sont jaloux de leur liberté, comme si elle valait plus encore que l'or. Y en a qui tirent le diable par la queue, mais personne ne va les faire accepter un job avec un patron. Ils ne plient pas. Y a des exceptions. J'ai vu dans deux placers, des chefs féroces qui faisaient la terreur. Un d'eux, il s'appelait Alain, c'était un ancien bagnard, la mauvaise catégorie. Il était au placer Maraudeur. Celui-là, je l'ai vu pour de bon. Il se prenait pour Attila. On m'a parlé d'autres comme lui. Sur d'autres placers. Pas si tellement. Dans la forêt, les nouvelles, surtout les mauvaises, ça court et ça saute plus vite que les écureuils guélengués. Tous les gens, sur les placers ou en ville, y a pas quelqu'un qui ne savait pas comment ces histoires-là finissent. À chaque fois, ce sont les femmes qui ont mis un holà à ce cauchemar. Elles font comme sur le bateau pour le quart de garde : chacune prend son tour. Elles se remplacent pour le taquiner l'une après l'autre. Le couillon il croit que c'est grâce à ses beaux yeux. Quand elles l'ont fait vider tout son jus et toutes ses forces, les orpailleurs entrent la nuit et le trouent avec leurs sabres et leurs couteaux. D'autres fois, elles jettent en cachette trois petites graines dans son café et le lendemain, monsieur le chef féroce est bon pour être enterré. La vie est déjà assez raide comme ça sous les bois, pas besoin d'un abruti pour venir jouer au gouverneur. Nous tous, on trime, et les gens sont solidaires, une main lave l'autre. On sait qu'on dépend les uns des autres, et qu'il faut compter les uns sur les autres. Le travail lui-même est emmailloté. Tout le monde a besoin de tout le monde. On est contents quand les Amérindiens chasseurs viennent vendre leur viande. On est bien contents de trouver les Bushisanman pour le transport en canot quand on a besoin de changer de placers, ou bien de monter à Cayenne ou à Saint-Laurent. Des fois, c'est pour aller dans un village où on a annoncé une fête ou une mort. Pas besoin d'invitation, n'importe qui vient, il faut partager les joies et les tristesses. Là y a du tambour, du banjo, de la clarinette. Et des chants. Dans toutes les langues. En créole, en anglébannann, en pòtidjè, en pangnol. Parfois en français. Et les parties de domino roulent toute la nuit. J'ai commencé comme orpailleuse. Après, je me suis dit, il vaut mieux ramasser l'or dans leurs mains au lieu d'abîmer mes jambes et mes veines en passant des heures et des heures dans l'eau, et flétrir mes mains en triant des barriques et des barriques de boue. Donc, j'ai décidé d'utiliser mes mains d'une autre façon. J'ai déclaré que je suis cuisinière et lessiveuse. Je fais la lessive pour huit grammes d'or par semaine pour chaque orpailleur qui veut, et tous ils veulent, y a pas d'aut' solution. En plus, je fais la cuisine que je vends par gamelle, je donne de belles quantités. Ça fait deux grammes d'or par jour pour une bonne gamelle, on peut manger le midi et le soir si on n'a pas un estomac large comme le massif Lucifer Dékou-Dékou. J'ai appris à faire le pain et le zakari. Un pudding aussi de temps en temps. Et des sucres d'orge. Et de la bière de gingembre. Je gagne ma vie comme une reine. Et mon corps reste présentable pour le jour si quelqu'un me demande en mariage. Ça ne m'empêche pas de prendre les hommes que je veux. Pas de fil à la patte. On est des grandes personnes, on peut se faire du bien en attendant de trouver chaussure à son pied comme dit le proverbe. Si je reste sur la vérité, je dois dire au passé de l'imparfait, que je gagnais ma vie comme une reine. Parce que j'ai changé de métier. Après quelques années, l'histoire de rester collée sur un seul placer d'or ou d'aller et venir seulement sur des placers qui sont dans la largeur d'un madras, comme si on était dans un tout petit pays, ça s'est mis à me soûler la tête. Alors, j'ai décidé de devenir colporteuse.

Céline

« Non, mais franchement, on s'en fout !

— Ah bon ?!

— Alors mon coco, on s'en fout mais tu ne peux pas imaginer à quel point !

— Bon…

— Sujet suivant, les chéris, c'est quoi la suite de l'ordre du jour ? »

Oui, Céline s'en fout. Oscar a beau s'en étonner, Céline s'en fout à un point qu'il ne peut imaginer. La réunion se poursuit. C'est le moment de trancher sur la composition de la délégation. La protestation d'Oscar portait sur la question de savoir s'il n'était pas opportun, inévitable, avait-il suggéré, de prendre langue avec une délégation « nationale mais non officielle » de cadres et militants verts qui venait d'annoncer qu'elle se rendrait à Rio. C'est leur troisième réunion de préparation pour leur participation au Sommet de la Terre à Rio de Janeiro. Céline avait pris sur elle pour longuement expliquer que, s'agissant de la thématique et du lieu, la première chose à faire était de s'ébrouer de toute tutelle, et la seconde, de décortiquer les discours pour bien comprendre leurs rouages et recentrer les analyses et les propositions en veillant à bien les ancrer dans les Sud. Oscar avait tenté d'insister, d'abord en plaidant que l'union fait la force, puis tâtonnant quelque peu, en se demandant :

« Étant donné qu'ils ont fait savoir publiquement qu'ils vont participer, ils vont penser qu'on profite de la géographie pour faire bande à part ? »

C'est alors que Céline lui avait répondu à quel point elle, et les autres supputait-elle, s'en foutaient. Puis elle avait appelé au point suivant de l'ordre du jour. Maintenant que la composition de la délégation est adoptée, Céline et Oscar y participant tous deux, Céline jette à la ronde la phrase habituelle de conclusion : « Avez-vous des questions diverses ? » Dans l'angle gauche de son regard, elle aperçoit Oscar qui semble recroquevillé. Prise de remords, ou plus probablement cédant à son esprit taquin, elle l'interpelle :

« Oh Oscar, *qué tal* ? On dirait que tu as avalé un crapaud !

— Le crapaud n'est pas comestible, rétorque l'interpellé.

— Ah ben tiens, c'est nouveau, ça ?

— Comment, c'est nouveau, tu manges du crapaud, toi ?

— Moi non, mais nos ancêtres oui.

— N'importe quoi ! tu confonds avec les cuisses de grenouille. En passant, c'est pas un truc d'ici.

— Je te parle de crapauds, de vrais crapauds. À ton avis, ils faisaient comment les Nèg-marrons ? Tu penses qu'ils rôtissaient des entrecôtes de bœuf ?

— Arrête ! tu déraillles !

— Comment, je déraille ?

— Nos ancêtres ne mangeaient pas de machins dégoûtants comme ça.

— Assurément, ils avaient le choix sous les bois, comme toi devant ton frigo !

— Justement, il y a le choix dans la forêt. Il y a des agoutis, des maïpouris, des kayakous…

— Oui oui oui mon chéri. Tu as déjà essayé la course pour les coincer ? Les Nèg-marrons, pour toi, c'étaient des chasseurs du dimanche, ils posaient des pièges, faisaient le guet, et attendaient patiemment devant leurs appâts les agoutis, les maïpouris et les kayakous qui passeraient par-là ?

Les autres avaient fait silence, les laissant purger leurs fausses querelles. Cette fois, ils s'esclaffent. Oscar semble froissé, il se défend :

« Je pense qu'il y avait d'autres viandes moins dégoûtantes et plus faciles à piéger que le crapaud.

— Pour le coup, je veux dire les choses sérieusement. J'arrête de te charrier. »

Céline adopte soudain un air grave et se lance dans une tirade sur les conditions de survie des personnes captives et réduites à l'esclavage.

« C'est un fait, très douloureux, enchaîne-t-elle à voix basse, que nos ancêtres africains ont dû s'adapter à un nouveau pays, une nouvelle nature, de nouvelles plantes. Ils ont appris à manger des légumes crus, ou mal cuits dans la cendre, ils ont complété avec du poisson de rivière et la viande qui était à leur portée. Pour survivre en forêt, tout en restant assez forts pour résister et se battre sans arrêt contre les chasseurs de Marrons, ils ont appris plein de choses auprès de nos ancêtres amérindiens. Ils ont aussi observé ce que mangeaient les babounes et les oiseaux. C'est sûr qu'ils ont croqué des chairs qui étaient des nids à virus et à microbes. Ils ont appris à les neutraliser avec des tisanes. Et, tu sais quoi ? ils augmentaient la puissance des tisanes avec des mots consacrés. »

L'ambiance s'est épaissie. Elle est alors traversée d'un ton subtilement apaisé :

« Bien madame sait-tout ! réplique Oscar qui paraît moins déstabilisé. Après ce discours taillé pour l'ONU, peut-être qu'on peut revenir à des choses moins grandioses et adopter les conclusions de notre réunion ?

— À mon avis, tu ferais bien de leur dire merci parce que notre résistance à plein de maladies ne tombe pas du ciel, rebondit, joviale, l'incorrigible Céline. Ce sont eux qui ont ficelé ton patrimoine génétique.

— Merci les ancêtres et mon humble admiration pour votre savante servante.

— Ça ne m'empêche pas de proclamer que notre délégation a une super gueule et qu'elle va cracher du feu à Rio. Allez, rompez, séance levée. »

Et, tout en claquant des doigts, Céline se met à chanter, en essayant d'imiter la voix écorcheuse de Tracy Chapman :

I'm trying to protect what I keep inside
All the reasons why I live my life

Claire

On a beaucoup parlé parlé ensemble. On se retrouvait derrière les cases, un bon moment avant que le commandeur déboule et commence à brailler comme un mulet blessé pour sonner le travail. On voit bien que ça peut finir mal, très mal. Après le gaoulé du carême, on sait pas si quelqu'un a dénoncé les Nèg-marrons ou si c'est la déveine, mais ils ont attrapé vingt. Les machapias sans-papa-sans-manman qui courent derrière les Marrons avec des chiens molosses, pour toucher un argent qui sent mauvais, cette fois, ils sont pas rentrés kòkòdò. Vingt ils ont tenu, vingt Nèg-marrons. Ils étaient trop contents d'attacher leurs mains et leurs pieds avec des grosses chaînes, on dirait que le bruit de ferraille, c'est comme un bock de rhum, ça les rend soûls. Ça les fait caqu'ter comme des chiens affamés qui jappent cont' la lune. Ils ont traîné les Marrons derrière le cheval qui trotte en tête et les mulets qu'ont leurs museaux dans le cul du cheval. Temps en temps ils accélèrent pour les faire tomber. Tu les entends, ça rit gras, bien grimpés sur le dos des bêtes. Ils sont contents. Ils arrivent gonflés comme des coqs djenga. C'est toujours comme ça. Les maîtres étaient contents et pas contents. Cette fois encore, André avait échappé. Il n'était pas parmi les Nèg-marrons ramenés. Nous, on montrait pas, mais on était très très très contents de voir qu'André avait échappé encore. Ça fait déjà trois fois qu'ils sont pas capab' d'attraper André. Malgré leurs chiens et leurs fusils Deux fois, c'était presque. Il les a esquivés. Les maîtres n'étaient pas contents-contents, mais ils n'ont pas fait kata-kata. Ah bon, vous marronnez ? on va vous montrer ! Y a un, Bayou, ils l'ont pris tout vivant, ils l'ont sanglé comme un cochon de Noël et ils ont amarré ses mains à un poteau. Au pied du poteau, ils ont mis une grosse pile de paille. Pétrole, torche, ils l'ont rôti tout vivant. Bayou n'a pas poussé un seul cri. Il sait bien que mourir pour mourir, il peut leur montrer sa vaillance, comme ça, chaque personne voit qui est le plus fort. Tout le monde sait pour qui il faut claquer la langue en faisant henren dans not' gorge. C'est qui, les hommes ? C'est qui qu'a le courage ? On sait que le maître-là, il sait. On voit bien, plus les Nèg-marrons sont braves, plus les esclavagistes sont enragés. Le jour après, ils ont pris neuf, quatre plus cinq, ils ont pété leurs os, « ils auront les os rompus » ils ont dit avec leurs phrases à soukougnan. Parmi eux, y avait Linval. Ça a été un vrai tracas pour eux, un désagrément. Le bourreau Nèg a dit awa, il va pas tuer Linval, c'est pas son travail. Un autre bourreau Nèg a dit pareil. Ils ont été obligés d'aller chercher un autre loin loin loin sur une autre habitation. Linval les a toisés avant qu'ils le jettent à terre pour le garrotter. Ils sont toujours à plusieurs contre un seul. On s'est consolés encore un peu en pensant à André qui était toujours dans les bois. C'est Henriette qui nous avait dit. Henriette faisait la cuisine dans la grande maison du maître et c'est elle qui blanchissait les draps, les nappes, les voilages, les caleçons et toutes les cotonnades à l'eau de la rivière et au gros savon d'awara. Elle lavait aussi les mantilles en dentelle qui couvrent la tête des femmes de la grande maison quand elles vont à la messe, des mantilles larges comme tu crois que c'est pour cacher leurs péchés pour que leur dieu, il ne voie que la moitié qui déborde. C'est Henriette qui apportait pour nous toutes les nouvelles importantes qu'elle entendait sans broncher comme si ses oreilles ne marchaient pas. Henriette nous avait dit que Gabriel était mort. Les chasseurs d'esclaves avaient réussi à le trouver et à l'encercler. Il les a attaqués bien bravement, après il les a entraînés vers le marécage. Y a trois lucifers parmi les soldats qu'ont essayé de le suivre. Ils ont glissé, et l'eau et la boue, ça les a bien dévorés, gloup ! Ils sont restés dans le marécage, enterrés tout vivants. Bien fait ! Gabriel, a avancé encore et quand il a voulu, il a décidé de s'enfoncer tout seul. Les Marrons connaissent bien le marécage. Des fois comme ça, ils le prennent comme cimetière volontaire. Les maîtres, ils ont fait une réunion avec le gouverneur. Ils ont décidé de pas dire que Gabriel est mort. Ils croient que ça va faire des colères dans les habitations. Et les colères, ça va avec le feu. Quand on a marre de leur brutalité, on leur donne un coup d'souvenir. Ils trouvent jamais comment le feu a commencé. Et nous, personne a jamais rien vu. Ils ont dit aussi qu'on va raconter que c'est pas vrai, que Gabriel est pas mort et qu'il est passé dans un royaume qui augmente les forces des Nèg-marrons pour protéger ceux qui sont restés sur les habitations. Henriette a rapporté qu'ils vont nous laisser apprendre tout seuls que Gabriel est mort. Surtout ils veulent pas que nous on parle partout de leurs soldats-lucifers qui sont noyés dans le marécage de Gabriel. Gabriel a décidé de se couler dans l'eau, la boue et les plantes, comme s'il retournait dans l'eau tiède du ventre de sa manman, eux, les lucifers, ils voulaient pas. Nous, on sait les choses, et on les prend comme on décide. Henriette nous a avertis qu'ils sont très fâchés sur cette histoire de Gabriel. Qu'ils vont pas mollir sur les punitions contre les Nèg-marrons que les soldats ont attrapés. Après Linval, ils ont pris sept, la bande d'Augustin. Ils ont noué leurs mains, leurs pieds, serré serré comme s'ils voulaient piler leurs poignets et leurs chevilles. *Now flow* ils les ont suspendus à un pied d'ébène, et ils ont tiré tiré la corde pour les étrangler pendant que leurs pieds balançaient. Celui qui a pris le plus de temps pour mourir, c'est Songa. Son corps restait droit, bien raide, ses yeux brillaient comme des baïonnettes, sa bouche, close. Et le maître et sa femme et leurs enfants, bien habillés comme un dimanche avec des dentelles, ils sont là, ils regardent en famille t'aurais dit c'était une fête. Et c'est nous les sauvages ! Jacob, lui, ils ont décidé de le dékartyer. Ils ont fait quat' chevaux le tirer comme si chaque cheval le voulait pour lui tout seul. T'as un cheval qui tirait pour aller à la mer, un autre voulait aller dans la forêt, les deux autres, un faisait comme s'il voulait partir contrôler où le soleil se lève, et l'autre voulait vérifier si c'est toujours chaud où le soleil se couche. On a entendu net quand ça a cassé et que ses bras et son corps se sont décollés. Après, ça a démantibulé ses genoux, après ses pieds sont partis danser tout seuls. Malgré ça, le malfaisant qui tenait le fouet, il continuait à exciter les chevaux. Et c'est nous les sauvages ! Michau, il avait déjà marronné et ils avaient déjà coupé ses oreilles, coupé sa jambe, en plus du fer chaud rouge qui a marqué une fleur sur chaque épaule. Ouais, ouais, c'est bien ça, une fleur menm. C'est ça que ces gens-là font, ils marquent ton épaule avec une fleur. Ça les empêche pas, pour leurs fêtes dans leurs grandes maisons bien blanches et pour l'anniversaire de leurs femmes, ils font le jardinier couper des belles fleurs. Ça les dérange pas. Faut pas croire que leurs femmes sont plus potables. Quand elles regardent les bourreaux fouetter le dos des femmes enceintes, avec leur ventre bien calé dans le trou qu'ils ont fait dans la terre, tu comprends, faut pas abîmer le bébé, c'est de la main-d'œuvre qui vient et on la met au travail à peine ses cinq ans tombés, eh ben y a pas une larme qui sort de leurs yeux. Une fleur au fer rouge sur chaque épaule. Ce coup-là, ils ont pris Michau, ils l'ont ligoté à une roue et ça a duré ça a duré ça a duré, on n'avait pas la force de compter combien de temps. On entendait ses os qui craquaient en mille morceaux. Ça a transpercé nos oreilles et nos ventres quand son estomac s'est disloqué. Ses chairs sortaient toutes roses de sa peau quand les barres de la roue les kayaient-kayaient en p'tits débris… on voyait sa tête qui pendait toute molle mais ses yeux rouspétaient toujours. On savait pas quoi faire pour le soulager. Alors, on a prié nos ancêtres, tant pis s'ils sont loin, on pouvait pas prier leur dieu, puisqu'ils font tout ça avec sa bénédiction d'après ce qu'ils disent. On chantait dans nos cœurs et sur le bout de nos doigts, on embrassait nos enfants, on envoyait beaucoup d'amour dans l'air, on savait bien que c'était un amour tellement désolé qu'il devait voler tout sec jusqu'à Michau, malgré ça on n'arrêtait pas, on chargeait on chargeait l'air avec tout cet amour, on se balançait d'avant en arrière, on pilait nos pieds sur la terre en serrant nos orteils. Après, enfin, Michau est mort. Mais c'est nous les sauvages !

Malgré tout ça, on a décidé de partir.

Cécile

Je suis colporteuse depuis cinq ans maintenant. Et j'ai bien le métier, dans les mains et dans les jambes. Faut bien l'avoir dans la tête aussi. La concurrence ne rigole pas. Ils s'appellent Négociants ou Maison d'import-export. Ça fait : me voici, me voilà ! Ils ont les banques avec eux. Il faut dire qu'ils sont costauds et malins comme des singes. Ils ont compris que les orpailleurs sont souvent dans la dèche. Pas parce qu'ils ne trouvent pas d'or, c'est leur maladie de le gaspiller. Leur richesse de travail glisse aussi vite que si on avait frotté de l'huile sur la paume de leurs mains. Surtout quand ils vont en ville. Soit ils descendent à Saint-Laurent, soit ils déboulent à Cayenne. Et là, je peux vous dire, ils trouvent des femmes pour chanter comment ils sont jolis garçons. Même le plus vilain, elles le flattent comme si c'était un pharaon. En deux temps trois mouvements, quand tu comprends, leurs poches coulent la glace. Plus une paillette, plus une pépite, plus un grain d'or. Et là, pharaon, fini ! f-i-fi-n-i-ni ! fini ! Les commerçants qui ont ouvert des comptoirs sous les bois savent ça comme moi. Ils leur vendent toutes sortes de choses à crédit parce qu'ils savent bien qu'il y a de l'or dans le fond de toutes les criques et que les orpailleurs ne sont pas des feignants. Avec leur système pour faire crédit, ils sont sûrs qu'ils vont récolter leur part dans la quantité d'or, et ils font le chantage pour ne plus vendre à ceux qui ne paient pas à la fin de chaque semaine. C'est pas un crédit pour longtemps. C'est des affaires ! Du biznès ! Ils ne font pas semblant de s'occuper de savoir s'ils vont finir au paradis. Ils vont à la messe tous les dimanches, ils portent une belle croix en or filigrané sur la poitrine de leur costume trois-pièces, mais si t'as pas payé, tu manges pas. Si t'as des enfants, y en a un peu sur les placers, c'est ton problème, t'avais qu'à réfléchir avant d'aller parader comme un pharaon en ville. Nous tous on connaît le nom de deux ou trois orpailleurs qui ont fini dans le dalot. Leurs noms volent de placer en placer. Pour rafraîchir la mémoire de ceux qui ont envie d'aller faire les pharaons avant d'avoir réglé leurs dettes. Et comment tu crois qu'ils peuvent faire autrement ? Déjà, les comptoirs, c'est pas Copacabana ! ils ne pilent pas les pieds les uns des autres. Si mouché Nonat s'installe négociant sur l'Approuague et Inipi, mouché Sigoug va voir du côté du Mahury et Impératrice, et mouché Uongaoel prend Dorlin, Yaou et Courcibo pour lui. À chacun son royaume et c'est quadrillé comme un cahier d'écolier. Tu comprends que les orpailleurs sont encerclés. Nous, les colporteuses, on est pas chiennes. On fait crédit, pas beaucoup parce que nous, les banques ne nous fréquentent pas. Elles savent bien qu'on est là mais c'est pas not' largeur qu'elles vont prendre. Donc nous, on a un cœur et il est pas en papier. On fait un peu crédit aux orpailleurs dans ces moments quand la vie est scélérate avec eux. Faut qu'ils nous paient, nous aussi on doit vivre et on a des dettes. Mais on les étouffe pas. Et nous, on n'a pas toutes les marchandises qu'ils ont besoin. Moi, je suis spécialisée sur la queue de cochon, le corned-beef, le hareng saur, les pilchards, les allumettes, le saindoux, le kwak et la kasav, le pétrole bon marché, les mèches pour les lampes chaldéviré, les bougies, le tafia. C'est sûr que je peux pas fournir la farine bleue de France, ni le riz cristal, ni la morue bien blanche et bien épaisse pour les gueules fines, ni la viande de chameau, ni les alcools de France. Moi, je n'achète pas au pied des bateaux. J'ai pas des caisses de commandes qui arrivent avec mon nom écrit sur des carrés de papier couleur batoto mûr collés sur les colis. J'achète chez les détaillants chinois. Ils font crédit pour un mois, ça me va. Je vends aux orpailleurs sans les étouffer. Normalement ils paient tout avec l'or. Des fois, ils sont débanqués. Ces fois-là, j'accepte un paiement avec du pakira, ou du maraye ou du hocco. On arrive facilement à vendre ce gibier-là en ville. Les jours de misère, il n'y a que l'aymara de rivière. Je prends, tant pis, je le fais salé-séché pour le conserver et je le vends impeccable. Maintenant, je suis bien connue dans les placers. Je gagne ma vie, je peux payer ma commère pour qu'elle s'occupe bien de mon fils à Cayenne. Je monte, je descends, je connais ce pays comme ma poche. Comme les orpailleurs. Nous tous, on connaît tous les chemins. D'ailleurs, c'est qui qui les a ouverts ? Grand-papa Pascal-Ibo disait que ce sont les Nèg-marrons qui ont veiné ce pays, c'est eux qui ont taillé des layons dans la forêt pour tourner leur dos à l'esclavage. Les maîtres et les gouverneurs, on peut ajouter les soldats, ils n'étaient pas francs avec la forêt. C'est pour ça qu'ils payaient des chasseurs d'esclaves pour courir derrière les Nèg-marrons. Ils faisaient venir des molosses pour ça. De Cuba. C'est loin, Cuba ! Ça venait de l'élevage de Rochambeau. Grand-papa Pascal-Ibo grelottait toujours quand il racontait comment les molosses tout neufs et déjà tout féroces arrivaient par bateau. Des plus petits bateaux que ceux qui apportaient les nouveaux esclaves. Peut-être des bateaux qui ressemblaient aux tapouilles qui apportent les marchandises maintenant. Faut pas des bateaux trop larges ni trop lourds, pour pas rester coincés dans la vase du port. Grand-papa Pascal-Ibo disait que quand les molosses débarquaient, c'était comme une calamité, qu'ils auraient préféré un tremblement de terre. On comprend les Nèg-marrons ! moi aussi, j'aurais préféré tailler des layons dans la forêt. Maintenant, ce sont les orpailleurs qui ont pris la relève. Les orpailleurs et les chasseurs. C'est personne d'autre qui trace des chemins ici. Les Nèg-marrons ont fait des chemins fermés et les orpailleurs, des chemins ouverts. C'est pourquoi nous, on les connaît et eux, ils sont pas fous de venir jusque-là. Tous les postes douaniers qu'ils ont inventés en plein en dedans d'un pays – moi, j'ai toujours entendu que la douane c'est pour sortir ou pour entrer dans un pays – ici ils ont mis plein de barrages douaniers. Mais attention ! pas là où ça peut être chaud. Ils les ont mis à Inini, Kayodé, Tampok, dans des villages où y a du monde et où ils peuvent crier au secours. Les orpailleurs, ils cachent une partie de l'or quand ils traversent la douane, qui ne sait pas ça ? Ils sont malins, ils glissent toujours un p'tit byèbyè au douanier ou au gendarme, en plus de la taxe qui est un franc pour un gramme. En ville, un gramme c'est dix francs. L'orpailleur, il donne vingt ou trente grammes en cadeau et il passe tranquille. L'or, c'est magique. Toutes les créatures à calcul tombent agaga. Moi-même, pour dire, je n'comprends pas. L'or ne sert à rien à part faire des bijoux, ou bien dormir dans le coffre de la banque coloniale qui a ouvert des bureaux de luxe sur la place Schœlcher. Ça brille doucement sans vergler, ça n'se mange pas, mais les gens, ils deviennent fous pour une paillette, une pépite ou un lingot. Y en a qui disent que c'est de la poussière d'étoiles tombée au temps où Dieu fabriquait la Terre. Tu peux entendre des mécréants qui déclarent qu'au commencement, c'était la chair de Dieu. On n'peut pas dire qu'ils savent pas inventer !

Céline

« C'est pas très pratique qu'on ne soit pas regroupés tous les six. Je n'ose pas demander à trois passagers d'échanger leurs places. En plus, petit péché égoïste, je tiens à mon hublot. T'as vu tout à l'heure, quand on a survolé l'Approuague, la ligne qui séparait l'eau turbide de l'eau claire ? L'orpaillage clandestin ravage les criques. Depuis quelque temps, ils ont des lance monitors. En plus du mercure. Je n'te dis pas les dégâts ! D'un autre côté, quand tu vois l'état des gars qui fouillent la terre, franchement, ils te chavirent le cœur…

— Tu sais Céline, de temps en temps, il faut choisir ton camp. Tu ne peux pas à la fois plaindre les garimpeiros et vouloir protéger la nature !

— Ah bon ! Parce que toi aussi, c'est la nature

ou l'homme ? le sourire du petit chimpanzé plus important que les pleurs secs d'un enfant affamé ?

— Arrête tes exagérations binaires, bon sang ! et déjà on n'a pas de chimpanzé ici !

— Justement. C'est pour te rappeler d'où vient cette vénération animale. C'est peut-être pas mal de s'interroger une fois ou deux sur nos indignations automatiques.

— Mais enfin, Céline je ne vois pas où est le problème ! il y a des espèces animales en danger d'extinction !

— C'est sûr, ma chère Cora, et pour leur malheur, les millions d'enfants qui meurent de famine, de malnutrition, du palu, de guerres, ou des cataclysmes provoqués ou aggravés par les méga barrages sur les fleuves ou les immenses mines à ciel ouvert, ces enfants-là, ils ne mettent pas l'espèce humaine en danger d'extinction. Pour leur malheur !

— Ho les filles, on peut élargir le débat ? je propose qu'on se retrouve tous les six dans quinze minutes sur la plateforme près du bar, avant la cabine business ? Comme ça on va au moins emmerder le bourgeois, à la mode Brassens, en poésie râpeuse.

— Brassens ou Brel ?

— Ou Ferrat ? C'est la discothèque de ta mère !

— N'empêche qu'on peut défendre et

protéger la nature sans être indifférent à la misère des garimpeiros.

— OK Céline, c'est ton baroud d'honneur. Quel caractère ! Bon, on est d'accord pour se retrouver dans un quart d'heure ? Je préviens les autres ? »

Sylvio s'éloigne en riant, il secoue la tête d'un air faussement désespéré, en murmurant : sacrée Céline ! Puis il se met à siffler *Don't Shoot Me* qu'il a entendu dans le film de Spike Lee, *Do the Right Thing*, et qu'il fredonne souvent. Depuis, il collectionne les compositions originales de Mervyn Warren.

Les six délégués, quatre filles et deux garçons, Oscar et Sylvio, se retrouvent sur la plateforme. Céline prend la main, comme naturellement :

« Les responsabilités ayant été affectées, on peut se donner chacun trois minutes pour présenter un résumé de nos prises de position et des actions prévues ? Tu commences, Sabine ?

— OK OK. Bon, moi je suis chargée de la logistique. En deux mots, on est logés au village de la société civile, on pourra voir sur place les disponibilités chez l'habitant, c'est prévu. Ça nous fera pratiquer notre brésilien. Il y a un système de bus pour participer aux travaux dans les annexes du centre international. Hier, j'ai repéré *in extremis* une cérémonie en hommage à

Chico Mendes. Je propose de nous y inscrire, les formalités sont légères. Sauf votre désaccord…

— Pour moi, c'est bon, je prends ! répond aussitôt Laure.

— Moi aussi je prends. Des objections ? poursuit Céline… OK, c'est unanimité. Tu fais le nécessaire, merci Sabine.

— Et puis, dernier point, reprend Sabine, ce qui, je le présume vous intéressera un chouya plus que tout le reste, je nous ai inscrits à une excursion au barrage hydroélectrique d'Itaipu. C'est loin mais c'est un ouvrage symbolique. Je crois qu'on l'a classé merveille du monde moderne. Surtout il paraît qu'il est très beau et impressionnant. Ça va nous mettre à l'épreuve. Il faudra résister à la fascination. Et goûter l'ironie, je pourrais dire les sarcasmes, car Itaipu, en langue amérindienne, signifie “la pierre qui chante”.

— On peut aussi dire le cynisme ! quand on pense aux milliers de familles qui ont été déplacées, appuie Oscar, c'est un monde très moderne, en effet.

— Sinon, il y aurait aussi les chutes d'Iguaçu…

— Non, Sabine, on se calme, l'interrompt Céline. Tu prends le relais, Sylvio ?

— À vos ordres, capitaine ! Donc moi, je

devais plancher sur le socio-environnementalisme... Atchoum ! Je sais. C'est un gros vilain mot pour dire qu'on porte ensemble les questions environnementales et les questions sociales. Autrement dit, on travaille sur tout, le développement et la protection de l'environnement, les générations futures et les générations présentes, les droits de la nature et l'élimination de la pauvreté. C'est ça le développement durable.

— Merci professeur, raille Laure.

— Et comme je ne suis pas pour la paix à tout prix, je vais jeter un peu d'huile sur le feu entre Céline et Cora en expliquant que pour l'orpaillage chez nous, il y a le premier sujet sans discussion : c'est vraiment pas possible de permettre ce que font les garimpeiros, c'est trop violent contre les rivières, le sol et les arbres. Ceci étant, c'est plus facile de poursuivre les garimpeiros, les pauvres hères de Céline, et de ne pas toucher aux financiers qui sont derrière, aux marchands de mercure qui ont des magasins à enseigne et devanture, aux vrais propriétaires des comptoirs qui achètent l'or...

— Bon, là tu es sur le boulot de la police et de la justice, l'interrompt Oscar.

— Adjugé, enchérit Cora. Tu dois t'arrêter

à : c'est trop violent contre les rivières, le sol et les arbres. Sinon, on n'peut pas s'en sortir, qui trop embrasse, mal étreint.

— Ouaille, Cora, non, tu n'vas pas nous bouffir avec tes slogans à la gomme, rugit Céline. Ça, tu le laisses pour les babas cools, les hippies qui découvrent le soleil, les oiseaux, la soul et le *power flower*.

— Cool cool cool », tente Oscar.

Mais la décharge électrique est partie. Court-circuit, le feu a pris. Pas de tuyau d'arrosage pour refroidir l'atmosphère. Céline est furieuse :

« Non, sérieusement, ici, on est sur des sujets sérieux, avec des gens sérieux, pour un sommet international sérieux et on évite de se faire polluer par les beatniks de foutaise qui donnent des leçons à la terre entière, alors que leurs grands pétroliers, leurs grands miniers, leurs grands bétonneurs continuent presque tranquillement de pourrir la vie des pauvres sur tous les méridiens et dans tous les fuseaux horaires.

— C'est quand menm pas d'leur faute, assène Laure.

— Qu'ils s'en chargent au moins, ça devrait occuper leur temps et leur énergie.

— Oh là là la conversation a drivé ! Au feu les pompiers ! se moque Sylvio.

— Je n'ai aucune envie de rire, s'obstine Céline. On peut retrouver quelques repères, non ? On sait ce qui nous fait rêver, nous ? Ma mère, nos mères, elles savaient rêver. Elles avaient Kathleen Cleaver, Angela Davis, elles avaient Malcolm X, elles avaient Tommie Smith et John Carlos, ou encore Manuela Sáenz ou Maria Bonita Déia ou encore Dandarah. Et nous, et vous, on a quoi ? C'est quoi not' rêve, hein ? pister les saumons ? compter les baleines ? baguer les chauves-souris ? On est tellement déboussolés qu'on se laisse désorienter par ces mystificateurs scabreux.

— Tu es injuste ! s'exclame Oscar.

— Non ! si j'étais injuste, je les traiterais d'écolons et je leur reprocherais les expéditions dévastatrices pour l'Eldorado.

— Oh oh ! tu y vas fort, ironise Sylvio. Un peu de mesure, comme disait ma prof de littérature.

— Ouaille ! je crois qu'il vaut mieux regagner nos places, propose Cora. Sans rancune… »

Ils se dispersent, Sylvio et Oscar échangeant par-dessous, quelques regards perplexes.

Claire

Ça fait la moitié d'un jour qu'on marche. On a déjà rencontré un petit camp, mais ils sont dans les quinze Nèg-marrons, un peu plus un peu moins et ils ont dit qu'ils vont pas rester là. Anépoc est not' chef, il a averti qu'on doit rejoindre aujourd'hui le quilombo où il était la dernière fois. On est pas sûrs qu'ils ont pas changé d'endroit. À part les gros gros villages où y a beaucoup beaucoup de marrons, avec des bras pour faire pousser le manioc et le riz et la patate douce et l'igname en attendant que chaque saison remplace l'autre, et des fusils et d'autres bras pour tenir les fusils, parce qu'il faut monter la garde le jour et la nuit, à part ces qualités de quilombos, souvent les Nèg-marrons sont obligés de bouger souvent. Mais d'après Anépoc, celui qu'on cherche doit être encore à sa place. C'est bien comme je pensais, mes garçons sont vaillants, ils marchent à même vitesse comme nous tous. Y a d'autres enfants, François et Bathilde, et puis Martin et Baptiste. Y a pas un qui pleurniche. C'est grâce à Bathilde si je sais lire. Quand le maître est venu la prendre sans rien demander à personne, sa manman Scholastique a passé des soirs et des soirs à pleurer toute l'eau de son corps. Mais Bathilde, c'est une débrouillarde. Cinq jours après, elle est descendue chez nous en cachette pour embrasser sa manman, elle est repartie vite, mais ça avait consolé Scholastique. Bathilde est reparue après des samedis et des samedis. Elle nous a raconté que c'était pour s'occuper de la fille de la maîtresse et de ses affaires qu'on l'avait emmenée dans la grande maison. À cause du nouveau bébé. Tout le monde s'occupait de la maîtresse et du nouveau bébé. Et le maître, il voulait que quelqu'un s'occupe de sa fille. Mais la fille du maître et de la maîtresse, elle aimait jouer à la petite maîtresse. Comme elle aimait déjà commander, elle a décidé de faire comme le monsieur blanc qui s'habillait avec des chemises en lin à froufrou, et qui venait lui apprendre toutes sortes de choses, lire, écrire, calculer, jouer au violon… Le monsieur venait le matin, l'après-midi, la petite maîtresse prenait la place du monsieur. Et Bathilde a appris à lire. Quand elle est revenue, elle nous a appris. Les hommes disaient qu'on perdait not' temps, mais nous, on était quat' femmes, on a voulu apprendre. En douce, la nuit. Bathilde était trop contente de dormir tard et de nous voir l'écouter. Ça a bien servi, parce que, après ça, on pouvait lire les papiers qui disaient qu'ils cherchaient des Marrons et où quelqu'un les avait vus. Les papiers avaient plein de mots mal écrits, c'est Bathilde qui remarquait ça, mais c'étaient des papiers dangereux si on savait pas les lire pour avertir les Nèg-marrons. On se demande pourquoi ils ont toujours besoin d'écrire la couleur des gens. T'aurais dit ils savent pas te regarder pour tout ce que tu sais faire. Et nous chaque, on sait faire des chargements de choses. Obligé ! eux, ils font jamais rien, leurs femmes non plus, leurs enfants non plus. Nous, on fait tout : la canne, le sucre, le caco, l'indigo, le café, le rocou, laver leur linge, ferrer leurs souliers et leurs chevaux, guérir leurs bœufs et leurs mulets, quand on n'empoisonne pas leur foie… on connaît bien les plantes qui tournent les foies et les reins des bœufs et des mulets on dirait des fouyapen blettes infestées de ti-yen-yen. On sait tout faire. Ça les empêche pas de voir la couleur seulement. Leurs papiers pour rattraper les Nèg-marrons parlent de ça et c'est tout : race Arada ou bien Roungou ou bien Noir Congo, ou bien Noir de nation Calbary ou bien négresse de nation Bourriquy nez plat et peau noire ou bien négresse lèvres grosses ou bien Noir de nation Mandingue de couleur rougeâtre ou bien négresse de forte complexion peau très noire enceinte ou bien encore négresse créole un peu rougeâtre ou bien Noir de nation Bagou de très forte complexion ou bien Noir de couleur mauresque ou bien peau noire tatouée ou bien nègre rouge… C'est quoi, ça ? C'est eux-mêmes qu'ont mis la pagaille dans les couleurs. Déjà écoute-les, ils disent qu'ils sont blancs. Va trouver un vrai Blanc dans ça ! y a des roses, y a des beiges, y a des qui approchent le bleu-ladré, y en a leur peau et leurs yeux sont jaunes sales, ceux-là, ils ont besoin de boire des tisanes amères pour calmer leur foie. Non mais, qui a mélangé les couleurs ? Ils viennent quand ils veulent, pour forcer les femmes. C'était comme ça depuis le bateau. J'ai pas oublié. On avait peur. Y avait un matelot qui venait, après un autre, après un autre encore, après encore un autre, après ils remontaient, et d'autres descendaient, ils tâtent les fesses, ils pigent les tétons, ils tapent en bas du ventre, ils fourrent leurs doigts sous nos cuisses. Après ils se couchent sur nous, des fois sur not' dos, des fois par-devant, nos chaînes ne les gênent pas, ils remuent comme les chiens qui traînaient près des marchés et montaient les femelles à la va-vite, ils soufflent et grognent comme des baleines, et puis ils crient et bavent comme des crapauds, après ils remontent l'échelle pour retourner faire leur travail. Ils disent qu'il faut toujours nous guetter et nous contrôler parce qu'on est toujours en train de comploter. C'est vrai. Ils nous laissent tout le temps dans le noir, mais on a fini par savoir quand c'était le soleil et quand c'était la nuit. Le temps passe à sa vitesse, on le laisse brasser dans nos têtes comment on va sortir de là, ou comment on va refaire not' vie d'avant. Quand ils nous faisaient monter sur le pont pour marcher et courir pour pas qu'on meure avant qu'ils nous vendent, les femmes plus vieilles mais pas vieilles, des femmes qui avaient déjà eu des enfants, pour que nous on souffre moins, elles faisaient toutes sortes de simagrées pour exciter les matelots. Ça nous soulageait, on avait un p'tit répit. Elles, elles savaient comment les faire souffler et grogner et baver et crier plus vite encore, après on voyait comment elles pompaient pour faire sortir de leurs cuisses la mauvaise crème dégoûtante que la queue des matelots avait crachée dans leurs corps. Et ça a continué quand on est arrivées. Ils nous ont vendues, on a été séparées. Ça a pas empêché les maîtres, les fils, les amis, le commandeur, le régisseur, tous les mâles à deux pattes, de venir à leur tour nous galoper chaque fois qu'ils veulent. Ils font ça à toutes sortes de femmes. Tu crois qu'ils vont pas toucher les femmes qui sont tout près de leur couleur ? Ils savent bien que l'enfant sera pas noir. En tout cas, pas noir-noir. Ils forcent tellement toutes sortes de femmes que ça arrive qu'ils plantent dans des ventres des enfants aussi blancs qu'eux. Mais c'est une race qui n'a pas de sentiment. Ces hommes-là, ils respectent pas le sang de leur mère.

Céline

« On pourrait profiter de l'escale pour débriefer, comme ça ce sera fait. Ça vous va ? demande Céline à la cantonade.

— Pour moi, c'est OK, approuve immédiatement Oscar. Malgré la musique en fond sonore qui donne plus envie de danser, l'inévitable bossa nova.

— Ils auraient pu faire un effort, dans un lieu de passage de touristes étrangers. La terre entière connaît déjà *A garota de Ipanema*. Vous allez dire que je suis toujours en train de critiquer, atténue aussitôt Laure.

— Moi, je préfère la version de Stan Getz, appuie Cora.

— Dommage que l'escale soit si courte, on n'aura pas le temps de faire un tour en ville, regrette Sylvio.

— Ça c'est bien vrai, enchérit Sabine. J'aurais bien aimé visiter Bahia-de-tous-les-saints et ses trois cent soixante-cinq églises.

— Toi alors ! tu ne vois pas que c'est un bobard touristique ? rigole Laure.

— Peut-être. Mais il doit bien y en avoir une bonne quantité, insiste Sabine.

— Moi, ce qui me ferait flipper, ce serait plutôt une soirée candomblé, avec des loas et des orixás, et ma foi, pourquoi pas, entrer moi aussi en transe, suggère Cora en riant.

— Bonjour les clichés, éclate Laure, en se bouchant les yeux des deux mains. Et pourquoi pas un concours de capoeira ? D'abord, les loas, c'est dans le vodou à Haïti. C'est pas ici.

— Bien, si ça ne vous ennuie pas de reprendre plus tard votre bataille d'expertes, je propose qu'on balance le débriefing ? vous aurez toujours le temps de revenir ici à Salvador, en touristes. »

C'est Céline qui a repris la main. Elle fait signe à Sylvio de commencer.

« Pour l'essentiel, je pense que c'était une très belle expérience. J'ai beaucoup aimé l'effervescence permanente. Et mon sentiment c'est que ce Sommet de la Terre va compter. L'articulation entre l'environnemental et le social, j'ai trouvé ça réussi.

— Sans vouloir jouer les rabat-joie, je dois dire que j'ai été assez déçue par le manque de solidarité de la fameuse délégation "nationale non officielle" sur la question du projet de barrage hydroélectrique sur Petit-Saut. Ça m'embête, mais je dois reconnaître Céline que tu n'exagérais pas autant que je croyais. Je les ai trouvés plutôt arrogants.

— Merci chère Cora pour ton fair-play. J'avoue que j'ai tendance à mettre trop de passion dans l'expression, mais à la base, j'ai un raisonnement et des constats.

— On peut nuancer, peut-être, intervient Oscar. L'un des membres de leur délégation, Alex, était très sympa, très disponible.

— Ha ha ha, c'est l'histoire du méchant gendarme et du gentil gendarme. Quand même mon Oscar, tu connais ça ! C'est un jeu. Le gendarme méchant et le gendarme gentil patrouillent ensemble, t'arrêtent ensemble et grâce au gentil ils te prennent en étau. »

Sylvio rit de bon cœur, trop content de sa démonstration expéditive.

« Moi, reprend Céline, je pense qu'on doit avoir deux ou trois repères qui peuvent servir de toise. Tant que ce qui les intéresse c'est de quadriller le territoire, pour la préservation, la recherche, et que pratiquement et matériellement ils soient seuls à pouvoir s'y rendre, peu importe le prétexte, on doit rester vigilants et je dirais défiants.

— Ne nous décrète pas que tu es contre toute protection ! » s'insurge aussitôt Cora.

À la surprise de tous, Céline reste calme.

« Bien sûr que non ! Simplement regarde, comme EDF c'est leur fleuron national, son projet de barrage hydroélectrique ça devient une source d'énergie décarbonée. Les trente-cinq mille hectares de forêt primaire inondée, les milliers d'animaux qui seront noyés, c'est un mal nécessaire.

— Ils ne le disent pas comme ça, quand même, coupe Laure.

— Non, en effet, ils ne disent rien. Ils plaident pour un immense parc qui mangera presque la moitié du territoire, avec nous dehors. Et le barrage au nord du parc, ce n'est pas un sujet.

— Je dois admettre qu'ils n'ont pas accroché sur le sujet, ajoute Sabine qui, jusque-là hochait surtout la tête.

— Vous voyez, poursuit Céline, tant que la pollution due à l'activité spatiale ne les dérange pas ; tant qu'on est seuls à se battre pour faire recenser les cancers qui, à la louche, touchent de plus en plus de femmes, de plus en plus jeunes, et seulement pour ce qu'on repère, vu qu'il n'existe pas de registre ; tant qu'ils auront dans leur viseur les artisans miniers locaux sans rien pouvoir contre les grosses compagnies et tant qu'ils trouveront les grenouilles et les tortues luth plus sympathiques que nous, moi, je ne suis pas disposée à les prendre au sérieux.

— Oh oh oh !!!! tu veux qu'on t'aime ! se moque Sylvio.

— Crétin ! lui crache Céline.

— Moi, je suis assez d'accord sur l'histoire des artisans miniers locaux, soutient Laure. Il y a quelque chose d'assez gênant avec tous ces gens qui viennent d'ailleurs, de près ou de loin, et s'autorisent à donner des leçons, à jouer les champions de la protection, sans égards pour ce qu'on a préservé ici pendant des siècles.

— Et ce sont eux qui ont le pouvoir de dire, toi tu exploites, toi, non ; toi tu peux, toi macache, siffle Céline.

— Holà, holà, là vous ne parlez plus des hippies attardés ! constate Sylvio.

— C'est juste un partage des tâches, précise Céline. Entre ceux qui ont le tout-pouvoir bureaucratique et ceux qui jouent les militants purs et durs. Leur mission se confond, ou à défaut, leur intention : nous exclure chez nous.

— Parano parano parano parano ? se met à

chanter et à danser Sylvio, en tournant autour du banc où ils ont pris place. Qui a peur des hippies ?

— Des hippies attardés, oui. Ils feraient bien de réaliser que le monde s'est durci et qu'on est passés de la soul au rap. »

Étonnamment, c'est Sabine qui éructe cette brève tirade. Comme encouragé, Oscar renforce :

« On ne peut pas toujours nier, au moins notre malaise. Sur ce point, Céline a raison. Et sans parano, justement Sylvio, on ne peut nier qu'il y a une convergence qui ressemble à de l'encerclement, comme un empêchement systématique à faire.

— Oh ! comment tu parles, là, maintenant mon ami ? On dirait un tract !

— Rigole ! en attendant, ça paraît plus facile d'entraver les locaux, comme si on était pile les plus faciles à repérer et à réprimer.

— Tu ne vas pas dire qu'ils nous visent exprès ?!

— Regarde ! les garimpeiros en dessous ont l'air insaisissables, et les sociétés industrielles au-dessus ont l'air intouchables. Nos artisans miniers, au milieu, sont comme les gros dindons.

— Ah tu es pour l'exploitation minière, maintenant ?

— On peut n'être pas d'accord pour l'exploitation aurifère, et voir que sur les trois catégories, ce ne sont pas les plus destructeurs les plus poursuivis.

— Et même si on n'est pas favorable à l'exploitation minière, reprend Céline avec une fureur qu'on sent bridée, on peut respecter cette période de notre histoire, reconnaître la trace que nos grands-parents ont laissée par leur travail, partout sur ce territoire, admettre que ça a façonné notre culture, assumer ses effets sur notre identité. Ce pays n'est pas un terrain de jeu.

— C'est vrai qu'on aurait plutôt besoin de solidarité pour réduire la brutalité des injustices, conforte Cora. On a bien vu, à Rio, ils étaient très actifs sur des durcissements pour la protection, et à peine présents pour la lutte contre la pauvreté. J'avoue que ça m'a dérangée.

— Je repense à ce que tu disais tout à l'heure Céline, intervient Sabine. Sur les effets de l'activité spatiale. Nous avions eu un séminaire avec Shaka K., vous savez, cet ingénieur-professeur très calé en sciences physiques.

— Ça c'est vrai qu'il était calé, appuie Sylvio.

Fallait surtout pas l'énerver en ne comprenant pas. Je n'ai jamais vu quelqu'un détester la bêtise et l'ignorance comme lui. À part ça, il était super bon et super sympa au taekwondo.

— Il nous disait, reprend Sabine, que le souffle et les vibrations provoquées par les fusées au décollage finiraient par entraîner des déplacements de terrain, surtout au rythme qu'ils ont adopté d'un lancement par mois, et qu'on va se retrouver un jour avec une montagne qui va s'effondrer. Il espérait : pourvu que ça n'arrive pas en plus là où des gens défrichent n'importe comment sur les flancs de colline.

— Je n'ai pas bien connu Shaka K., commente Céline, mais je l'ai entendu fulminer à plusieurs reprises, et deux ou trois fois citer une chanson de Curtis Mayfield : *Move on up, Do not obey, you must have your say*. Moi, ça me va comme conseil.

— Eh, Céline, je t'ai vue échanger des coordonnées avec les gars de la fédération de Koush. C'était le groupe des Napata, non ? Tu comptes te convertir ? hi hi hi, je veux voir ça ! »

Céline toise Sylvio et lui claque un tchip.

Le micro grésille : « Os passageiros para Cayenne via Bélem… »

Claire

On a mis trois jours. Quand on est arrivés à la montagne Plomb, c'était la fête, on peut pas raconter ça. Y avait plein plein de carbets ! des grands, des petits, des ronds, des carrés, des longs, des hauts sur deux étages… et plein d'arbres pour les cacher quand t'es pas tout près. Tu les vois d'un seul coup. Ça te fait tu te sens comme si t'es là, tu entres dans un paradis mieux que leur bible, mais tu sais que t'es bien dans la forêt. Là, y a pas de chaînes. Aucun modèle de chaînes. Ni le carcan à clochettes qui fait que même les lézards sont au courant quand tu passes. Ni le masque en fer pour empêcher un coupeur de prendre un peu de force en suçant l'eau et le sucre d'un malheureux petit morceau de canne. Les petits, les hauts, les gros, les maigres, les entiers, les estropiés, tout le monde circule sans chaînes, ni dans le cou ni dans les bras ni dans les pieds. On avait sué, on avait eu peur pendant tout le temps qu'on marchait, mais ça valait la peine. Le chemin était tellement long que ça faisait nanni-nannan que mes tripes étaient nouées. On avait croisé des serpents, mais ils allaient faire leurs affaires sans piquer ni mordre. Temps en temps Anépoc s'arrêtait. Il nous montrait un signe de rester tranquilles et de nous taire, il respirait l'air comme un éléphant et puis il indiquait la direction avec le chiffon rouge qui était au bout de son bâton. Le premier Nèg-marron qu'on a vu à l'entrée du quilombo nous a emmenés chez le chef. C'est un quilombo avec deux chefs, un homme et une femme. Leurs noms, c'est Adome et Haradand. On était tellement contents de revoir des visages qu'on connaissait ! On a retrouvé l'obeah, Arsène, ici il s'appelle Kwachy. Bernard, de l'habitation Boudet, s'appelle Kwakou et Gertrude qui est partie depuis longtemps de l'habitation Leroux s'appelle Mwézi. Tous, ils ont repris leurs noms secrets. Alors, quand Haradand m'a demandé mon nom, tout de suite j'ai dit Nzuri. Et quand j'ai dit mon nom avec ma voix bien forte et bien claire, ma langue a pris un goût de suc d'hibiscus. J'ai senti que le vent agrippait mon vrai nom le posait sur ses ailes et le faisait monter jusqu'aux nuages. Toutes les vieilles fatigues ont quitté mon corps. C'était comme si je venais de sortir du ventre de ma maman, qu'elle soufflait mon nom Nzuri aux ancêtres et que des bénédictions couraient par grappes au fond de mon sang et enveloppaient mon corps et mon esprit à ce moment-là. Mon cœur s'est mouillé. J'ai ri, j'ai relevé mes épaules, j'ai dressé ma tête, j'ai toussé pour faire passer le vertige qui me faisait flotter. Les enfants étaient tout saisis. Au lieu de courir partout, ils restaient là, comme si un malkadi les bloquait. Deux femmes nous ont emmenés dans un carbet, elles ont dit qu'on va rester là jusqu'à quand on aura construit nos propres carbets. Que des Nèg-marrons vont nous aider à aller chercher le bois et les feuilles d'arouman en forêt, et d'autres vont nous aider à construire. Pour le moment, on peut se reposer. Pendant ce temps, le soir est tombé. Et puis, la nuit. Une nuit albinos. Il a fait clair jusqu'au matin. Ça a pris à peine trois jours, et on était bien installés. Ils nous ont donné des graines à planter, y avait du riz, du maïs, des haricots noirs, des pois d'angole, des pois d'sept ans, du concombre, du citron, du tabac, des morceaux de patate douce, d'igname, de dachine, de tayove. Ils nous ont montré les plantes pour les tisanes tout près des carbets, et puis plus loin les plantes pour manger, les plantes pour guérir, les plantes pour si on veut pas d'autres enfants. Ça, on connaissait bien déjà. Y a un poulailler. C'est un travail réservé pour les enfants, ils vont ramasser les œufs et les apportent au carbet-magasin, où y a la distribution le dimanche. Ils ont emmené François, Bathilde, Martin et Baptiste, Pascal et Paul pour apprendre avec les autres enfants. Tous les soirs, quand on rentrait de l'abattis, un Marron, Diallo, était chargé de nous compter. Chaque personne devait surveiller une autre personne, pour êt' sûre que rien de mal lui arrive. Moi, je surveillais Açaï, qui me surveillait. Açaï, c'était une jeune fille, avec des os plus solides que moi. C'était une règle pareille pour les hommes. Toute la journée, pendant qu'on travaillait on devait zyeuter plusieurs fois pour voir si l'autre était bien là. Et puis, y avait dix Nèg-marrons avec des vieux fusils et trois avec des lances. Ils marchaient au bord des abattis pour monter la garde. C'est Barnabé, qui a son atelier du fer sur la place au milieu des carbets, c'est lui qui fabrique les lances. C'est lui aussi qui fait les houes, les pelles, les pioches et les râteaux. Les manches, c'est Tikoyau le menuisier qui les taille. Tout de suite mon Pascal s'est entiché de la scie et du rabot que Barnabé avait fabriqués pour Tikoyau, et il ne lâchait pas l'atelier du bois. Barnabé a remarqué ça, il a attendu deux samedis pour voir si c'était pour de bon, et il a fabriqué une scie, un rabot, une ponceuse et même un ciseau à bois pour Pascal, bien calculé pour la largeur de ses mains. J'ai jamais vu mon Pascal aussi heureux. Sauf après notre première nuit dans le carbet, quand je lui ai dit que son nom de vrai, son nom secret, c'est Ibo, et que comme les enfants sont habitués à Pascal, il n'est pas obligé de chiffonner Pascal, il peut le garder, en ajoutant Ibo. C'est ce qu'il a fait. Tout le quilombo, les enfants, les manmans, les papas, les solitaires, tous ont adopté Pascal-Ibo vlogodow, comme si c'était déjà son nom de toujours longtemps avant que je le dise.

La nuit, c'était on peut dire not' moment sacré. On dormait pas beaucoup. Ça faisait comme si nous chaque et nous tous, on voulait reprendre ces années gaspillées sur la plantation, tout ce temps de nos vies que le maître avait déjà volé. On parlait beaucoup. C'était un rounou rounou sans repos. T'aurais dit qu'on voulait trouer la nuit pour sabrer des chemins consolants. Les hommes, ils rognonnaient pour se rappeler les langues qu'ils faisaient sonner en Afrique quand ils voulaient commander, et que des fois, souvent, ils faisaient roucouler pour que les femmes les regardent. Pour les choisir. Avant de les hébéter avec le sirop de l'amour. Les femmes, elles expliquaient comment reconnaître les feuilles pour laver les bébés, les laver dehors et en-dedans. Les filles, elles demandaient en tremblant et en se pliant, comme si elles voulaient bloquer la rage qui essayait de sortir par tous les coudes de leurs corps, elles demandaient où on pouvait trouver des herbes ou des graines ou des racines ou même le jus qui sort quand on fait une taillade dans la peau des arbres, quelque chose, n'importe quoi pour faire chalvirer la tête et les bras et les jambes des maîtres et des fils des maîtres et des amis des maîtres et des voisins des maîtres et des commandeurs et des régisseurs, toutes ces bêtes sauvages à deux pattes qui viennent sans clairon pour les grimper, se tordre et craquer comme des lianes-patates avant de grogner comme des cochons-bois et tomber comme des fruits à pain blettes. Les garçons, ils voulaient pas beaucoup, seulement si on leur donne la bonne tisane pour garder leur force au fond au fond d'eux jusqu'à quand ils vont prendre le chemin des grands-bois. Ils disaient : si on cloue bien leur force au fond de leur cœur et de leur estomak, tout le reste, ils vont se débrouiller, ils ont assez de courage pour ça. On est pas sûrs, personne, que ces tisanes, ça marchait tout l'temps, mais not' vie était si tellement en canal, qu'on préférait essayer ça ou aut' chose au lieu de laisser le malheur nous dévorer sans lui donner un coup d'pattes ou un tchip.

Des soirs, on pouvait faire un feu de fête. Avant ce feu, les Marrons qu'avaient des fusils partaient faire une longue tournée, ils voulaient êt' sûrs qu'y avait pas de chasseurs d'esclaves dans les parages. Ce mot-là ! On avait pris l'habitude sur la plantation de répondre dans nos gorges : esclaves vous-mêmes ! quand tu regardes ces malfoutus chasseurs, leur peau blanche les sauvait pas toujours de la misère. C'est quoi une vie où tu gagnes l'argent du maître ou du gouverneur en chassant des gens comme toi, qui marchent qui parlent comme toi, simplement la couleur de peau est différente, et y avait parmi eux des qui avaient la peau noire ou marron ou orange comme nous ! c'est quoi cette vie où tu risques de noyer ta vie dans la honte pour une petite calebasse de sous ? Tchip ! Donc les Marrons à fusils, c'étaient nos soldats. Personne était ignorant que les chasseurs étaient trop capons pour attaquer pendant la nuit. Ce qui fait qu'on pouvait vivre tranquilles, la nuit. Mais on vérifiait qu'ils étaient pas postés pas loin, sans savoir que nous, on était tout près. Quand les

Marrons à fusils revenaient après leur ronde et nous disaient : c'est bon ! avant que les mille-pattes et les scorpions comprennent qu'y aura pas quartier libre pour eux, on arrivait, tous tous, sur la place qu'est au milieu du quilombo et on roulait comme ça sur tout le temps du soukou avec des rires, des histoires que parfois on avait pas la force de finir de raconter, des chansons que des femmes se rappelaient et qu'on complétait avec d'aut' paroles, des charades pour apprendre aux enfants qu'il faut pas prendre les jours comme une rivière qui coule, on restait là, on laissait les enfants traîner dans nos jambes jusqu'à tard parce que c'était bon pour eux de savoir que la vie était chienne et qu'elle avait aussi des filets de chemins entortillés où on pouvait rencontrer la joie. Des fois, autour de ce feu, des croisements de quat' zyeux charriaient des vouloirs sans paroles et amenaient un homme et une femme au lit, pour une fois ou pour longtemps, parfois pour faire et élever toute une marmaille. C'était comme des soirs où le soleil lambine pour danser avec les étoiles.

Quand Anépoc a dit aux deux chefs que je savais lire, Haradand m'a appelée dans son carbet et m'a dit : « Le soir et les jours où on ne travaille pas, raconte la vie, ta vie là-bas, notre vie ici, fais-le avec Bathilde si tu sens que c'est plus sûr. »

Haradand m'a donné six papiers, c'étaient les papiers qui disaient qu'ils cherchaient des Nèg-marrons et où quelqu'un les avait vus. Au dos des papiers, y avait toute la place pour écrire. Je l'ai regardée sans rien dire, et j'ai pris les papiers. Le jour après, elle a envoyé un enfant m'apporter une plume de hocco taillée bien pointue, et de la poudre d'indigo pour fabriquer l'encre.

Cécile

Depuis que je colporte plus dans les placers, ma tête est un champ de bataille. Les souvenirs se donnent des croche-pattes. Des fois, à force de tourner en rond, ils emmêlent les endroits et les gens. Je me rappelle un peu les dégrads, mais les placers sont plus clairs dans mes idées, quand les hommes devenaient fous pour trente ou cent grammes d'or. Je me rappelle cette fois quand ils ont trouvé une pépite de sept kilos, oui c'est ça, sept kilos. C'était à Kokioko. Pour la partager, ils l'ont pétée à la hache. Les gens venaient de partout. Les descendants de Nèg-marrons et tous les Créoles qui avaient l'habitude de travailler avec les Amérindiens et les canotiers bushinengué étaient tout étonnés de voir débarquer des gens qui sortaient de pays avec des noms, on n'aurait pas supposé que ces sortes de pays existaient. Demerara, Castries, Roseau, Bathsheba, Virgin Islands, et Aruba et Curaçao, et d'autres en montant. Fallait voir des jeunes et des presque vieux, qui devenaient tout agités quand ils racontaient comment ils avaient traversé la mer et les rivières pour arriver jusqu'ici. Ce qui nous étonnait le plus nous tous, c'étaient les bagnards qui s'évadaient. Ils n'étaient pas beaucoup mais la plupart restaient un moment sur les placers avant d'aller chercher une vie ailleurs. Tout le monde parlait de ces vieux Blancs que le gouverneur et le directeur du pénitencier traitaient comme des machapias. Y avait les Arabes et les Annamites. On savait qu'ils étaient là parce qu'ils voulaient mettre la France dehors et reprendre leurs pays. À part ces quelques-là, les bagnards c'étaient des Blancs comme le gouverneur et le directeur. Ça n'empêchait pas qu'on les traitait plus mal que des bêtes. Grand-papa Pascal-Ibo, quand il voyait les anciens bagnards qui traînaient en ville comme des misérables, avec leurs tatouages, leur maigreur et leur saleté, il faisait hum hum avec sa tête, et il les dépannait avec un peu de manger et de l'eau, parfois en leur donnant un job de sarclage. Ni le gouverneur ni le directeur du pénitencier ne faisaient rien pour les bagnards. Soi-disant que l'esclavage c'était une histoire de couleur. Et comment, là, ils ont la même couleur que le gouverneur et le directeur. Grand-papa Pascal-Ibo disait que ces gens-là ont pas de sentiment et ils respectent pas le sang de leur mère. Le directeur du pénitencier, il aimait dire que les bagnards, la plupart, c'étaient des criminels qui méritaient la guillotine. Et l'esclavage, c'était pas criminel ? On punit qui pour ça ? Les maîtres d'habitation, ils sont tranquilles jusqu'à maintenant. Ils ont gardé toutes les terres qu'ils n'avaient pas payées, ils ne sont pas foutus de rien faire avec, sans la main-d'œuvre que la loi forçait à travailler toute la vie pour un boniment de paradis. Alors ils découpent la terre en morceaux, ils construisent des maisons, ils vendent. Et ils embarquent chaque année sur le bateau pour aller passer des vacances à Nice. Vacances de quelle fatigue, de quel travail ? La vie douce ! Y a longtemps que je sais que la vie, c'est la maman-soutireuse des bonariens et des infâmes. Quand j'ai arrêté de descendre sur les placers avec mes marchandises, plein de choses avaient déjà beaucoup changé. Le bureau minier avait trimbalé un tas de machines, des draguelines, des suceuses, des jigs, des tonnes de ferrailles inutiles. Comme s'ils voulaient montrer que c'est toujours eux les plus forts, avec leurs machines qu'ils chouchoutent en regardant sans broncher les gens suer sous le soleil de l'enfer et flageoler sous des pluies de Moctezuma. Peut-être les plus forts mais pas les plus malins. Ça ne trouvait pas l'or plus vite que les orpailleurs. Ça a fait surtout un cimetière de ferraille dans la forêt, à côté des cuves, des fours, des morceaux de chaînes brisées, des lames de houe, toutes ces rouillures du temps de l'esclavage, à côté aussi des roches gravées et des polissoirs amérindiens. Les choses n'ont pas fini de changer. Maintenant encore, t'as les fonctionnaires qui disent rouge, et t'as les fonctionnaires qui disent vert, tu dois faire attention pour deviner qui commande à chaque saison, sinon tu peux être pris comme un rat tombé dans un combat sans bâton. Le bureau minier a commandé pendant un moment avec toutes ses machines inutiles. Après lui, c'est les Eaux et Forêts qui ont débarqué et qui font les capitaines du grand-bois. Eux, ils sont vraiment à part. Ils déboulent sur les layons que les Nèg-marrons ont tracés et les chemins ouverts par les orpailleurs, et ils viennent te dire que t'as pas le droit d'être là. Parfois, ils sont encore blancs comme des cachets d'aspirine, le soleil du pays n'a pas encore eu le plaisir de les roussir, mais ils te disent que tu dois dégager, t'as rien à faire là. Dans ce pays où ton nombril est planté, où le nombril de ton grand-papa qui a travaillé toute sa vie pour pas une pièce d'argent est planté, où le nombril de tous tes gangans depuis avant l'esclavage et pendant l'esclavage et après l'esclavage est planté ! Ils viennent avec leur déguisement kaki et ils te disent : bouge de là ! Et c'est pas assez ! ils prennent aussi les carbets que tous ces travailleurs des bois ont construits, pour habiter quelque temps, et pour que ça serve aux uns et aux autres qui passent, histoire d'hospitalité, quoi. Eh ben non, tout est à eux. Ils confisquent ton travail et ton bien, et te racontent que le terrain emporte la maison, que la terre est à l'État et donc à eux et tout ce qu'est construit dessus leur revient. Vous croyez que ça peut être une loi juste, ça ? C'est que la loi du plus fort. Je n'veux pas savoir comment tout ça continue. Je vis en ville maintenant. Mes jambes commencent à enfler. Je bois des tisanes, je pose des cataplasmes. Ça soulage mais c'est tout. Je fabrique mon p'tit bonheur avec mon grog de tafia pour réchauffer mes os quand le serein tombe. Et puis, ma vieille pipe met un peu de chaleur dans mes souvenirs. Je chante dans ma gorge, entre mon nez et mes lèvres. Ma vie était tellement belle que tout son bon goût n'est pas parti.

Claire-Nzuri

Les cris et les bruits de ferraille se mélangent. On connaît ce capitaine de l'armée. Il s'appelle Mouchard. On connaît ses soldats et les chasseurs d'esclaves qu'il paie pour venir avec eux. Ils excitent leurs chiens. Ça met la pagaille. Ils ont jeté des barriques de pétrole sur les carbets, ça brûle, et pendant ce temps, ils saccagent les abattis. Ça crie et ça court partout. Je sais que ça sert à rien d'essayer de courir, on peut plus échapper. J'appelle les enfants. Je dis à chacun qu'il faudra pas pleurer, ni ici ni plus tard. Il faut que les maîtres ils voient comment ils sont forts. C'est ça qui fait peur aux maîtres et au gouverneur. Je les embrasse, chaque enfant, et puis tous les enfants ensemble. Après, je tiens mon Pascal-Ibo, je le serre sur mon cœur, je lui montre l'arbre marqué où j'ai enterré mes papiers, et puis je dis dans son oreille qu'il faudra toujours protéger Bathilde. Parce que c'est une fille, et parce qu'elle sait lire.

Cécile

Ma préférée, c'est la petite infirmière qui a toujours son calot sur le côté, je n'comprends pas comment ça n'tombe pas. Elle doit le piquer dans ses cheveux avec des épingles invisibles. C'est une bonne fille, qui aime son métier. C'est pas comme la major-cheffe, toujours enragée, tu crois que c'est une punition pour elle, ce travail-là. La p'tite infirmière, elle s'appelle Bertille. C'est une joyeuse. Elle met de la musique. Doucement, tout bas tout bas. Du grajé ou du kasékò. C'est une musique de tambour qui ne va pas avec la sourdine, mais on est contentes, c'est toujours ça pour la joie. Cette Bertille, elle est partout, à droite à gauche à l'ouest : elle rigole avec les valides, elle aide les impioks, elle chouchoute les foutues comme nous, on est quatre. Josie a fait lavandière toute sa vie, depuis avant l'âge d'avoir ses règles. Ses doigts sont comme des pilons. Hermance était balayeuse de rue, ça lui a laissé une bosse, à force de se courber. Suzanne était couturière mais elle complétait avec des marinades de morue, des boulettes de crevettes, des pistaches grillées, des satés, qu'elle vendait le soir devant sa porte. La couture a mangé ses yeux et les grillades ont noirci ses doigts, comme les hommes qui fument des cigarettes. Nous, on se console avec la pipe et des bonnes feuilles de tabac bien séché sur des planches de wapa. On s'est nommées nous-mêmes les Amazones. Pour rire. Rire de la vie qui nous a bien malmenées. Mais nous, on l'a bien narguée aussi. Toute la savane sait que nous, les vieux indigents, on nous met ici pour passer le dernier temps avant de mourir. Personne n'a beaucoup de visites. Ni dans le quartier des hommes ni dans celui des femmes. Moi, j'ai beaucoup beaucoup de chance. Mon fils ne vient pas me voir. Il n'a jamais voulu me fréquenter quand je suis revenue à Cayenne. Je sais pas si c'est parce que j'étais pas là quand il était petit. Je pouvais pas l'emmener sur les placers, c'est pas une vie pour un enfant. J'ai fait tout ce que j'ai pu. Je l'ai mis dans des mains sûres. C'est sa marraine, ma commère, qui l'a gardé pour moi. Elle m'a pas volé. Elle a bien dépensé l'argent que je lui donnais. Elle l'a envoyé à l'école, plus haut que le certificat d'études. Il était toujours bien habillé. Je faisais mon possible. Je suis venue pour sa première communion. Il était tout beau. J'ai raté sa confirmation. Et pour sa communion solennelle, c'est la déveine qui a joué. Le bateau *Duc d'Ombasle* qui amenait des gens de Sainte-Lucie, Barbade, Dominique, Martinique qui venaient chercher la fortune sur les placers, le *Duc d'Ombasle* s'était envasé. Ces fengnants en combinaison grise qui s'occupent du port, ils avaient pas bien dragué le chenal. Ça a mis une pagaille pire que le carnaval. Rien ne pouvait naviguer. Tout était bloqué, les barges avec leurs grumes de balata et de bois de rose, les tapouilles, les canots de pêcheurs, le bac, tout ça a fait un wélélé sans manman. J'ai pas pu arriver à temps pour la communion solennelle. Je sais pas si c'est pour ça que mon fils m'a jamais fréquentée. Ou bien il est comme son papa : un djézeur qui parade comme s'il a trouvé un trésor sous un sac de sable, un poseur qui ne fréquente que les aristocrates. Mais j'ai de la chance, ma belle-fille, Félicienne, vient mc visiter. Elle m'a gardée chez elle dans une petite chambre tout le temps qu'elle pouvait. Mais le docteur a dit qu'il faut me mettre à l'hospice pour qu'on me donne des soins. Félicienne était bien triste. Pourtant ça fait un siècle qu'elle est plus en ménage avec mon fils. C'est une bonne fille. Surtout, mes petits-enfants viennent deux fois chaque semaine. L'hospice, c'est pas un jardin pour les enfants. Ça me rend triste de les voir venir, mais je suis contente comme un soussouri chaque fois que je les entends arriver. Les autres vieilles aussi sont contentes, mes camarades amazones. Et comme les enfants sont bien élevés, ils disent bonjour à tous les impotents. On sent bien qu'ils sont craintifs, et peut-être un peu dégoûtés, mais ils font des politesses. Je pense que ma petite-fille a un cœur charitable, mais mes deux petits-fils, je crois qu'ils ont peur qu'on rapporte à leur manman, c'est pour ça qu'ils se tiennent bien. Ma belle-fille ne rigole pas avec la politesse. Ma petite-fille, Céline, est toujours de bonne humeur. Elle n'a pas peur de toucher mes deux jambes enflées, de les frictionner pour moi avec de l'huile camphrée, ça sent fort mais ça soulage. Je lui raconte des p'tits bouts de ma vie sur les placers, et elle me raconte ses histoires à l'école ou les p'tits cancans de la cour de récréation, ou bien elle me parle des livres qu'elle a aimés. Je crois qu'elle aime beaucoup l'école. Je suis contente. Moi, j'ai arrêté l'école après le certificat d'études. Je voyais que le reste c'était pas pour les filles comme moi. C'était que des simagrées cette histoire de « promises à un bel avenir » qu'ils disaient pour nous trois, mes deux copines et moi, le jour de la distribution des prix. Ils oubliaient d'ajouter si quelqu'un trouve de l'argent pour leurs études, si les petits cochons ne les mangent pas, et si les vieux cochons ne les mettent pas enceintes avant l'heure. En tout cas, nous trois, on a compris, et on a pris devant avant que c'est devant qui nous prend. On est allées gagner not' vie. La p'tite infirmière Bertille, ça se voit, elle aussi aime beaucoup ma Céline. Elle lui glisse toujours un petit quelque chose, un biscuit, un journal, et parfois un livre ; quand c'est un livre, il faut le ramener. Quand c'est un biscuit, elle en a toujours aussi pour les garçons. La semaine dernière, j'ai remis la serviette avec les papiers à ma belle-fille pour qu'elle la donne à Céline quand elle aura l'âge. J'ai pas tout lu. Pas la force. Quand l'esprit est blessé, ça fait plus mal que le corps. J'ai pris dix ans après la mort de grand-papa Pascal-Ibo avant d'ouvrir cette serviette. Je savais que c'était rien que des papiers, mais il était plus jaloux de cette serviette que de la grosse pépite d'or que je lui avais offerte. Je voyais bien ses yeux se mouiller quand il parlait du temps de l'esclavage. Après, il allait prendre cette serviette, il la touchait et la cajolait comme si c'était un ti-bébé blessé. Et puis ses yeux se perdaient au loin. Il ne parlait plus. Je croyais en ce temps-là que c'était des papiers de notaire. Peut-être un héritage qu'il avait, un terrain ou bien autre chose, qu'il pouvait pas aller chercher. Je me disais, ça transpire la souffrance, mieux vaut oublier tout ça. C'est comme ça que ça a pris dix ans avant que j'ouvre la serviette. Pour apprendre comment mon arrière-grand-mère Nzuri, qu'on appelait Claire pendant longtemps, a rejoint les Nèg-marrons et comment ça a fini.

Y avait six feuilles de papier. Sur son côté face, on recherchait des Nèg-marrons. Sur son côté pile, c'était écrit à la main, l'encre indigo avait un peu coulé mais pas beaucoup. On pouvait lire. Mais j'ai pas eu le courage. J'ai pris plutôt une feuille qui était à part. C'était écrit à la main aussi, mais l'encre était noire et le papier jaune, un genre de buvard comme les papiers de la mairie. C'était pas une bonne idée de lire celui-là. Mais je l'ai su trop tard. Ça disait :

Copena, qui se fait appeler Anépoc, esclave propriété de monsieur de Lamathérée, accusé de marronage, est condamné à avoir bras, jambes, cuisses et reins rompus sur un échafaud qui sera dressé en la place du Port. Il sera mis ensuite sur une roue, la face tournée vers le ciel pour y finir ses jours et son cadavre sera exposé. Et ça continuait : *Sa complice Claire, convaincue du crime de marronnage dans le grand-bois sera pendue et étranglée jusqu'à ce que mort s'ensuive.* Et ça continuait encore : *Ses deux enfants impubères, Paul et Pascal appartenant au sieur Coutard, les enfants François et Bathilde, et deux autres Martin et Baptiste appartenant à Duvergé, tous accusés de marronnage, sont condamnés à assister au supplice de Copena et de Claire.*

C'est ça, je crois, que les yeux de mon grand-papa Pascal-Ibo revoyaient au loin chaque fois qu'il parlait de l'esclavage.

Céline

« Non, je ne suis pas triste, disons... un peu morose... pour faire chic ha ha ha. En vrai, je suis entre un chagrin et un tourment.

— Un lenbé, quoi ?

— Non... plutôt un tournant et une mélancolie.

— C'est ça, le lenbé !

— Non ! le lenbé, c'est un vrai chagrin !

— Oui, mais avec un truc, une touche un peu sucrée.

— Woy ! ce n'est pas la fantaisie des mots qui va me réconforter.

— C'est quoi, Serge et toi, vous avez cassé ?

— Oh non, Serge n'a rien à voir dans ça. Tu sais c'est un gars zen, je n'arrive même pas à me disputer avec lui.

— Cet homme est un saint, s'esclaffe Oscar.

— Je dois en convenir, approuve Céline en riant.

— Alors c'est quoi ton lenbé indéfinissable ?

— Oh, si j'étais un peu plus jeune, j'aurais pensé à une crise d'adolescence. Disons, une espèce d'épisode d'introspection…

— Ah ça, c'est nouveau ! j'aurais pas cru que c'était ton genre. Je t'ai toujours vue tellement sûre de toi.

— Je l'étais, et je crains de l'être encore, réplique Céline dans un éclat de rire.

— C'est un peu contradictoire, non ?

— Non ! d'abord parce que je ne suis sûre de moi que tant que j'ai sérieusement examiné le sujet sur lequel je m'exprime. C'est donc autant des convictions que des certitudes.

— Et t'aurais une crise de convictions, comme les crises de vocation, se moque gentiment Oscar.

— Ça pourrait ressembler à ça !

— Un mal-être parce que tu as l'impression de ne pas maîtriser ta vie ? Ta vie prise au lasso de l'existence. L'existence commune qui débloque…

— J'aurais presque dit que c'est exactement ça. Futé, l'Oscar !

— On dit merci Fanon !

— Merci Fanon ! faudra peut-être que je le

relise. Sérieusement, je crois que j'ai un coup de blues, un bon, pas comme ces petites langueurs de passage.

— Et tu sais pourquoi, au moins, à part l'ambiance générale ?

— Bien sûr ! Suis pas neurasthénique. J'ai pas des crises de spleen et de navrance. Quand j'ai envie de manger quelqu'un je sais pourquoi. Quand je suis d'humeur joviale, je sais aussi.

— Si tu veux, je fais confesseur, propose Oscar en souriant.

— Confident, ça m'ira approuve Céline en nuançant.

— Va pour confident. Je suis tout ouïe en toute bienveillance.

— Arrête de faire l'important, Oscar. C'est sérieux, parce que mon trouble me dépasse. Tu te souviens, quand on revenait de Rio, à la fin du débriefing qu'on a fait à l'aéroport pendant l'escale ? Sylvio m'a chahutée un moment. Je ne lui ai pas répondu. Je n'avais pas besoin qu'il aille plus loin. Tu le connais, ce Sylvio avec sa grande gueule. Je me suis contentée de le tchiper.

— Ah oui, je me rappelle. Il t'a cherchée sur le groupe Napata, c'est ça ?

— Ouais, il avait vu, alors que je ne m'en

cachais pas, il nous avait vus échanger nos coordonnées.

— Et alors ?

— Ben, tout naturellement, je les ai contactés quelques jours après notre retour. Ils m'ont donné le téléphone de deux gars qui tiennent une section ici.

— Et tu es tombée des nues, tu ne savais pas ?

— Non seulement je ne savais pas qu'ils avaient une section ici, mais en plus, je connaissais déjà un de ces deux gars.

— Ben alors, tout est bien !

— Tu vois, c'est ce que j'aime le plus chez toi, Oscar. Tu vois de bonnes dispositions dans toutes les situations.

— Je ne vois pas ce qui signale une difficulté, là !

— Sauf que le gars que je connaissais déjà, j'avais une opinion sur lui.

— Une opinion, ou un préjugé ?

— Bravo ! les deux, mon capitaine !

— Bon, laissons le préjugé de côté. Quelle était ton opinion ?

— Le problème, c'est que mon opinion avait trempé dans mon préjugé, répond Céline dans un éclat de rire.

— Bon, alors, quelle était cette opinion préjugée ?

— En fait, je les prenais pour des sectateurs, des passéistes, un peu parasites, des espèces d'illuminés bordéliques…

— Et finalement, c'est un bataillon militaire ?

— Oh là là Oscar, avec toi c'est tout clair ou tout obscur ! non eux, c'est plutôt un clair-obscur !

— À part le jeu de mots fumeux, ça veut dire quoi, ça ?

— Ça veut dire que tu ne sais jamais où tu en es avec eux, entre ceux qui sont complètement allumés dans une connexion avec les ancêtres ; ceux qui mâchent des herbes, sais pas quoi, ça a l'air plus costaud que la ganja ; ceux qui mettent tous leurs efforts, leur temps, leur argent dans des actions de soutien auprès des enfants et des nécessiteux. J'ai tout mis au masculin, mais il y a des filles dans toutes les catégories.

— Ça me paraît sympathique, ça ? c'est quoi la malfaçon ?

— Ben, c'est justement pour ça que ça me met dans cet état. J'ai idée que le problème, c'est moi.

— Et quel problème, alors ?

— Ils m'ont invitée à une séance de présentation. D'abord une fille commence à chanter a capella *Down By the Riverside*. Belle voix, mais elle roule des yeux. Je me demande quelle rivière la met ainsi au bord de la transe, si c'est l'Approuague ou le Maroni. Ça suit avec un rituel, un truc genre pain rompu comme à la messe. Moi, je n'savais rien. Donc, je regarde, les yeux écarquillés. Je suis debout à côté de mon zozo sur qui j'ai mon satané préjugé. Il a l'air très concentré. J'essaie de me concentrer moi aussi. Je te dis pas, je sens monter le tracas, tu sais, comme quand d'un coup t'as l'impression que ta vessie va t'emmerder.

— T'avais envie de pisser ?

— Non ! mais c'était équivalent comme effet irrésistible, je sentais monter une envie de rire…

— T'es tarée, Céline, qu'est-ce que t'es allée faire là ?

— Ben, tu sais bien que moi, je suis en quête…

— En quête de quoi…

— Ben, justement, c'est pas clair dans ma tête, mais je sais qu'on doit faire beaucoup nous mêmes pour comprendre d'où on vient, pour devenir assez libres dans nos têtes afin de choisir ce qu'on veut garder en essayant de nous construire. Et ce qu'on veut laisser assoupi. Il y a de tout dans notre passé. Donc, je m'aventure partout.

— Alors, comment ça finit, cette histoire ?

— Écoute, à un moment, l'officiant, torse nu, alors que d'autres ont des tenues bariolées, l'officiant se tourne vers moi et me dit : “Ma sœur, comment devons-nous t'appeler ?”

— Ah bon, ils t'accueillent, te font un numéro de baptême à la Jean-Baptiste ou de ceci est mon corps livré pour vous, et ils ne savent pas ton nom ?

— Mais non, t'as rien compris, t'es vraiment ignare, Oscar ! Il voulait connaître mon nom d'initiée. En fait mon nom soufflé, mon nom secret.

— T'as un nom secret, toi ?

— J'ai un nom soufflé !

— Ah bon !? c'est quoi ce nouveau délire ?

— C'est pas le sujet. Tant pis pour toi si t'as pas de racines.

— Ah ben bon, ça y est, moi, j'en prends pour mon grade. Donc, tu n'avais plus envie de pisser.

— Au contraire ! mon ventre se serre. Et le cercle se resserre. Ils m'entourent tous, tu vois un truc à la hare Krishna hare Krishna. Et l'autre zozo qui répète sa question : "Ma sœur, comment devons-nous t'appeler ?"

— Lui, c'est un têtu !

— Oh ! tu m'agaces ! il fait son boulot !

— Son boulot ou son cirque ?

— Sais pas si c'était un cirque, mais je n'en pouvais plus !

— T'allais pisser sur toi ?

— Qu'est-ce que tu es bête ! Le gars, il me regarde d'un air très inspiré, je n'en pouvais plus de brider mon fou rire.

— Ah c'est sûr, un fou rire à un pareil moment, ce n'est pas la meilleure idée.

— "Ma sœur dis-nous, comment devons-nous t'appeler", répète le con, comme si j'étais stupide et comme si lui-même était débile.

— Et alors, t'as dit quoi ? T'as dit Céline ou t'as avoué ton nom soufflé.

— Mon vieux, j'étais incapable de dire un mot. Je hoquetais parce que j'essayais de bloquer dans ma gorge le rire qui montait, comme une vague sauvage. Mon corps s'est mis à bouger tout seul, mon torse, mes bras, et tous ces couillons qui me regardent avec l'air d'assister à un miracle. Je vois leurs faces, la curiosité les rendait hagards, et moi mes jambes ont commencé à gigoter à l'unisson avec le haut de mon corps. D'un seul coup, j'ai pété le cercle, je suis partie en courant, j'ai entendu Céline, Céline, comme si la révélation leur était tombée du ciel. Je riais toute seule, je courais, je suis tombée, je me suis relevée, je suis repartie de plus belle, j'entendais vaguement des bruits assourdis sans savoir ce qu'ils racontaient, j'ai fini par pisser sur moi, juste avant d'atteindre ma mobylette et je suis repartie. La honte !

— Et c'est vrai cette histoire de nom secret ?

— Oui. Je peux te confier le mien. C'est un nom qu'on ne prononce qu'en totale confiance. Mon nom soufflé, je l'ai pris dans des papiers où je l'ai appris. Six feuillets jaunis qui ont traversé un peu plus d'un siècle. Plus une feuille presque moisie, genre document officiel. Une histoire tellement difficile, celle de mon arrière-arrière-grand-mère opprimée comme esclave, une histoire tellement difficile que j'ai mis un an à lire les six feuillets. Plus la feuille moisie maudite. C'est ma grand-mère Cécile qui les avait préservés. Mon nom soufflé, c'est Nzuri.

— Et pourquoi tu ne leur as pas dit ?

— J'ai senti au fond de moi que ce n'était pas le moment. Ni le lieu. C'est trop profond et trop douloureux pour coller avec une scène folklorique.

— T'es dure, non ?

— Non. Parce que je le dis sans reproche et

sans amertume. Mais j'ai senti que vis-à-vis de mon aïeule, je ne devais pas mêler son nom à cette espèce de cérémonie. Ils sont pathétiques. Je le dis sans mépris. Parce que, au moins, eux recherchent quelque chose. Ils s'inventent leur nom soufflé. Ils ont compris que d'avoir volé les noms de nos ancêtres était presque plus criminel encore que d'avoir volé leurs corps. Simplement, ça ne collait pas avec ce que moi je sais de mon aïeule.

— Tu les as revus ?

— T'es soûl ? je n'oserais pas.

— Tu regrettes ?

— Quoi ? d'avoir ri comme une conne et d'avoir fui comme une voleuse ? Mon cher, c'est la vie, ça. Au moins je sais que ce n'est pas ce que je recherchais.

— *Put it on experience* alors.

— C'est ça menm. Ça m'a fait du bien de te raconter. Je relativise. J'ai presque perdu ma saudade. »

Et Céline se met à chantonner *Sodade sodade sodade dessa minha terra*, ce nouveau tube languissant de Cesaria Evora. Puis elle reprend :

« Mon seul regret, c'est qu'il y en a un que je reluquais. Éric. Sensuel comme un dieu de réjouissances et d'offrandes. Rien qu'en le regardant, je salivais.

— Oh Céline ! un peu de décence. Et Serge ?

— Serge, Serge, Serge ! Serge est zen. On est presque des grandes personnes, on peut se faire du bien en attendant de trouver chaussure à son pied comme dit le proverbe.

— Ah ! je croyais que Serge était ta bonne chaussure, s'exclame Oscar, mi-sévère mi-rieur.

— Ça en a tout l'air, en effet. Mais qui sait de quoi demain est fait ? Il faut vivre, mon cher ! »

Remerciements

À Thierry Billard, cette fois encore, et pour cette façon singulière de s'enticher de mes personnages.

Table des matières

Ce livre existe grâce au travail de toute une équipe.

Communication : Caroline Babulle, Sandrine Perrier-Replein, Typhaine Maison, Adélaïde Yvert.

Coordination éditoriale et administrative : Céline Poiteaux, Martine Rivierre.

Studio : Pascaline Bressan, Barbara Cassouto-Lhenry, Joël Renaudat.

Fabrication : Muriel Le Ménez, Céline Ducournau, Bernadette Cristini, Phousa Chantharath, Isabelle Goulhot, Émilie Lapan (Canada).

Correction : Emmanuelle Coppeaux, Valérie Gautheron.

Commercial, relation libraires et marketing : Laetitia Beauvillain, Alexandra Profizi, Élise Iwasinta, Morgane Rissel, Aurélie Scart, Clément Vekeman.

Cessions de droits : Isabelle Votier, Benita Edzard, Lucile Besse, Sonia Guerreiro.

Gestion : Sophie Veisseyre, Chloé Hocquet, Isabelle Déxès, Camille Douin.

Services auteurs : Viviane Ouadenni, Jean-François Rechtman, Catherine Reimbold.

Ressources humaines : Mylène Bourreau.

Juridique : Laëtitia Doré, Anaïs Rebouh, Valérie Robe, Jean-Benoît Vassogne, Julia Crosnier.

Diffusion : Aurélia Spalacci (directrice des ventes), Nadine Eugénie, Céline Pitt, Arnaud Weill, Hervé Adamczyk, Annie Bourgade, Éric Charpentier, Gilles Couillard, Sandrine Ducrocq, Élisabeth Ehlinger, Guillaume Loras, Jean-Philippe Pilloux, Philippe Maulnier, Gilles Torché, Élisabeth Gastaldo, Jean-Pierre Stephany (Belgique), Olivier Béguin (Suisse), Jean Bouchard et Marie-Ève Provost (Canada), Emmanuelle Cadot, Virginie Godet et Caroline Pan.

Ainsi qu'à toutes les équipes d'Interforum et d'Editis qui participent à la création, la diffusion et la distribution de ce livre.

Canoros Vehit Canentes

pca
cmb
édition pré-presse
livres numériques

44400 Rezé

CET OUVRAGE
A ÉTÉ ACHEVÉ D'IMPRIMER
SUR ROTO-PAGE
PAR L'IMPRIMERIE FLOCH
À MAYENNE EN SEPTEMBRE 2021

N° d'édition : 63153/02 – N° d'impression : 99158
Imprimé en France